河出文庫

古典新訳コレクション

通《つう》言《げん》総《そう》籬《まがき》・仕《し》懸《かけ》文《ぶん》庫《こ》

いとうせいこう 訳

河出書房新社

目次

通言総籬
つうげんそうまがき

序(1)

松前文京(2)

お見事なお言葉をおがくずのようにひらひらと吐く中国の才人・彦国《げんこく》(3)のごとく、ここに京伝《きょうでん》、吉原《よしわら》(4)でしか通じない通《つう》な言葉をツーと呑《の》み込んで、茶表紙(5)にて緊急出版。これは鉄拐《てつかい》仙人(6)の術ではない。手品師が呑んでは吐いてみせる小刀でもない。しかし読めば仕草が現われ、聞けば言葉のすべてが文面から飛び出す。暗闇から牛を引き出すように密《ひそ》やかな、牛台(7)でのささやき声もまのあたり。吉原中を走り回る駒下駄《こまげた》(8)の音も耳元に聞こえるようだ。

まさに籬《まがき》といえば、朝の遊女の涼しげな顔が前の晩の男とのもめ事で泣きはらされていたり、二十七歳という勤めの年季まではまだ長いと嘆くのに花がしぼむのには無関心だったり、逢《あ》う夜があっという間で花の咲いている時間の方が長いとうらやんだりする場所である。

朝が来る度(9)に笑い、夜は夜で泣く。表も裏も同色(10)の着物の襟にうずめたその佇《たたず》まいは昼顔⑪の咲き続く様子、夕顔⑫の白く開く姿のようだ。

この『総籬《そうまがき》』は花街《はなまち》⑬によく通じて、虚構の花、まことの実《じつ》が拮抗《きつこう》し、真実のはらわたをえぐり出す。私はこの見事な格子の下で遊女が店前に並ぶ合図の三味線、その一の糸⑭を弾《はじ》き、番頭新造《ばんとうしんぞう》⑮が万事全般に通じているのには及ばないながら、二の糸、三の糸と物事の糸口を開き、猿人卿《さるんどきょう》⑯と共に京伝への愛をひと節うたい上げ、三味線の糸巻き⑰をちょっとひねって序文を調《ととの》える次第。

（1）**序**　山東京伝の知人、松前文京が書いた序。
江戸吉原で最高級の遊廓となると外側も入口も天井まですべて格子、すなわち総籬をしつらえてあった。こうした遊廓と歌舞伎小屋の二大悪所から江戸の流行が生まれたことは、教科書などでもご存知だろう。ファッション、食べ物、歌、踊り、ベストセラー、有名人、浮世絵、流行語などなど……。『通言総籬』はしたがって「最新ワードで描く吉原」、つまりは「遊廓最新情報」という意味になる。黄表紙、茶表紙といった洒落本、浮世絵、歌舞伎はそもそも「遊廓最新情報」を伝えるメディアであり、同時にその最新を生み出す場であった。現代のマスメディアとさして変わるところがない。資本主義のマッチポンプがすでに如実に現われている。この戯れの世界の中に。

したがって、本書を『なんとなく、クリスタル』にならって『なんとなく、総籬』と呼んでもいい。略称は「なんクリ」ならぬ、「ツーまが」だ。どんどん注をつけたい。

（2）**文京**　松前藩八代藩主・道広の弟、百助の号。地位も名誉も金も時間もある。要するにヨーロッパにおける貴族ですね。そういう人がさんざん遊んで文化を作っていた。文京は他にも京伝の作品に序文を寄せている。

（3）**彦国**　晋の時代の自由奔放な才人「胡母輔之《こぼほし》」の別名が「彦国」。文京は山東京伝を彼にたとえ、ほめたたえる。

（4）**吉原**　今の浅草の裏手にかつてあった、塀と堀に囲まれた公許の一大遊廓である。そこは六区画に分かれていた。江戸町一丁目、二丁目、揚屋町、角町、京町一丁目、二丁目である。そして唯一の入口である大門からど真ん中に通るのが仲之町通り。両端に茶屋が並び、そこで酒や料理を楽しみながら客は遊女が迎えに来るのを待った。
以上をおおまかに覚えておくと、本文がぐんとわかりやすくなります。

（5）**茶表紙**　中国から来た船来の本を真似て表紙を茶色にした、遊廓情報マガジン。

(6) **鉄拐仙人**　八仙人の一人、李《り》鉄拐。もちろん人間離れしたパワーを持つ。

(7) **牛台**　遊女屋の店先にある台の通称。そこにいる客引きを牛《ぎゅう》と言う。

(8) **駒下駄**　台と歯を同じひとつの木からくり抜いた下駄で、元々は馬の蹄《ひづめ》の形だったので「駒」の名で呼ばれる。

(9) **朝が来る度に**　前の文章からの花のイメージ連鎖で、「朝顔は朝な朝なに咲きかへてさかり久しき花にぞありける（後水尾院）」を引用して、文京先生は遊んでおられます。

(10) **同色**　原文「色無垢」。衣の表裏ともに同色で同じ生地。例えば、白無垢は表裏どちらも白。

(11) **昼顔**　原文では漢語で「鼓子花」。

(12) **夕顔**　原文では漢語で「壺盧」。どちらの原文でも優雅な教養をちらりと見せる文京先生です。

(13) **花街**　遊廓の別称。花の連想の中にこの名を埋め込む。

(14) **一の糸**　三味線に張られた三本の弦のうち、最も太く、低い音が出る糸。

(15) **番頭新造**　位の高い遊女の世話や、客との仲立ちをする係の女。

(16) **猿人卿**　書画、俳諧などに通じ、かの時代のセンスをリードした洒落者・酒井《さかい》抱一《ほういつ》の別号が「尻焼猿人《しりやけのさるんど》」。すさまじくふざけたネーミングである。あわて者の意。

(17) **糸巻き**　三味線の、糸を巻きつける頭部。唄の間に軽い調弦でひと息。

自序

山東屋のひとりむすこ(18)　京ばしの伝

かつて俺《おれ》はこんなことを言った。遊廓《ゆうかく》は自分のための便所だと。なぜならば、なまじ金《かね》を持ったがために腹を痛めて悩み、糞《くそ》のごとくそいつをぶちまけるために尻を振り振り通いつめるからである。もし貧乏客が俺の糞を食えば、たちまち黄金色のウジ虫に変身するであろう。一日中いつもながらに長く糞して退屈するあまり、以下の無駄書きをしてお堅い糞野郎の偏屈を柔らかいビリ糞のグズグズにし、世に糞のひり方を伝える。

いくら通な客といえども、俺の股ぐらを覗《のぞ》かずしてなんぞ肛門《こうもん》のこの大きさを知らん。ああ、糞あきれるぜ。

天明《てんめい》七年(19)正月。

凡例

・この書は論語でいうところの、「損者三友《そんしやさんゆう》」（悪友三人の話）である。ではなぜ「総籬」と立派な題をつけたかといえば、流行遅れの言葉が一切入っていないからだ。

・主人公・艶次郎《えんじろう》という名は遊廓での最新用語から来ている。一昨年春、『江戸生《えどうまれ》艶気樺焼《うわきのかばやき》』という本を出して以来、うぬぼれた客をそう呼ぶようになったのだ。「気之介《きのすけ》」も「志庵《しあん》」もその本に出てくる名前(20)である。

・花魁《おいらん》、新造《しんぞ》、禿《かむろ》(21)の言葉をそのまま記述しているので、訛《なま》りや仮名の違いは直していない。そのままをお届けするためだ。

(18) **山東屋のひとりむすこ**　作品の主人公「仇気屋のひとりむすこ」と自分を重ねてみせる虚実皮膜。事実としては深川の質屋の長男で、本作執筆時には父は京橋の町屋敷の家主。弟（京山）も妹もある。

(19) **天明七年**　一七八七年。

(20) **本に出てくる名前**　とはいえ、艶二郎は「えん次郎」になり、気之介は「喜之介」、志庵は「しあん」となって登場いたします。

(21) **禿**　遊廓に住み込んで働く童女。見習い。

イマドキの都会っ子ってのはこういうもんだ。天守閣の金のシャチホコ(22)をにらんだまま将軍様のお膝元におぎゃあと生まれ出ると、上水道(23)で引いてきた水を惜しげもなく産湯《うぶゆ》に使い、両手で拝むように振り上げられた杵《きね》でついた白い米を食っては乳母たちに日傘を差しかけられて育ち、おはじきにだって金銀を使うし、その金の出る陸奥《みちのく》山《やま》も低い低い、本田髷《ほんだまげ》(24)の先から覗けば遠い安房上総《あわかずさ》(25)まで見える勢い、隅田川《すみだがわ》の白魚《しらうお》だって中落ちは食べず、日本橋本町の由緒ある角《かど》屋敷なんか叩《たた》き売って吉原貸しきりで豪遊と来れば見事な心意気である。

そんな江戸の町っ子たちが行き来する日本橋の真ん中から振り返れば、神風吹く伊《い》勢町《せちょう》(26)・新道《しんみち》。奉公人口入所とある看板の反対側、黒い格子《こうし》の前にいつも蘭《らん》の鉢を出してあるのは、しじゅうつるんでいる友達(27)をダンナ(28)と持ち上げる素人タイコモチ北里《きたり》喜《き》之《の》介《すけ》の住まいである。臭い塩漬け魚を売る店みたいにクセ者の集まる場所。というわけでさて、竹すだれの外に来た者こそ、浮気で自信過剰、その名も仇気屋《あだきや》のひとり息子えん次郎だ。

着こなしといったら、まず無地の黄八丈《きはちじょう》[29]の上に、問屋限定の特別な小紋[30]を散らした憲法染《けんぼう》[31]の上着、三つ重ねた[32]間島縞《かんとうじま》[33]の下着の下には、紺縮緬《こんちりめん》に螺旋絞《らせんしぼ》りを入れた襦袢《じゅばん》。

(22) **金のシャチホコ**　金のシャチホコというと名古屋城を連想する人が多いが、江戸城にも立派な金板張りのやつが威勢よく尻尾を振り上げていました。

(23) **上水道**　神田・玉川上水のこと。人工的に引いてきた水は都会っ子の誇りであった。

(24) **本田髷**　吉原通いの洒落者たちに流行ったヘアスタイルで、頭の上をより大きく剃り、髷は細く高く結い上げる。

(25) **安房上総**　ここに響いているのは助六。権威に対して一歩も引かない色男、喧嘩もタンカも胸のすく（江戸の基本は口喧嘩。見事にけなせば勝ちであった。まるでラップバトルみたいだ）花川戸の助六を主役とした歌舞伎にこうある。

「はけ先の間からのぞいて見ろ。安房上総が浮絵のように霞んで見えるわ」

しかし、右のセリフはいかにも文学全集的な再現であり、芝居通り正しく発音すると〝江戸弁〟で「はけ先のえーだからのぜーてみろ」なのである。病人が頭の左で結ぶ紫の鉢巻きに高下駄といったパンクファッションの助六が、こうしたべらんめえで偉い相手を挑発するからこそ、『助六由縁江戸《すけろくゆかりのえど》桜《ざくら》』はたまらない（と、浅草花川戸に本籍を置くまでになってしまった私はつくづく思う）。

この『通言総籬』にも乱暴な言葉は多用されるし、精神として助六同様である。

(26) **神風吹く**　原文「神風や」。あとに来る「伊勢」の枕詞です。

(27) **しじゅうつるんでいる友達**　原文「芝蘭の友」。霊芝と蘭で、どちらも香りがよい。「善人といるのは芝蘭の室《むろ》にいるようなもので、長くいると香りそのものになってしまう」（孔子『家語』）と友に感化される様子をいう。

(28) **ダンナ**　タイコモチはダンナが命。パトロンなしには生きてはいけない。ここではむしろ「兄貴」という感じ。

(29) **黄八丈**　八丈島の特産、草木染め。格子縞が有名だが、こちらは無地。

(30) **特別な小紋**　原文「とめがたの小紋」。「とめがた」とはその店オリジナルの柄で、他の店からは出せなかった。小紋はひとつの柄を繰り返したものだから、今ならブランド物のモノグラム柄のようなことになる。

(31) **憲法染**　茶に近い黒の染め物。江戸の美意識のひとつはこの黒という色の多様性で、繊細な黒の違いを使い分け、楽しんでみせた。

裏襟はみな黒ななこ[34]で、生地の裏の裾回し[35]は花色縮緬である。胴の裏は白羽二重[36]、身幅を広く取る形。羽織は黒無地の八丈で前を長めに仕立てたところへ、太くて長い五丁紐《ひも》[37]はごめんこうむると平たく編んだ黒の羽織紐をちょん掛け[38]。帯は御納戸茶[39]、緞子《どんす》[40]に小さな模様の入ったもの。頭巾を襟巻きにして、吉原でも仲之町で流行の草履、八《や》幡黒《わたぐろ》[41]のくつ足袋《たび》[42]、脇差の柄《つか》や鞘《さや》に張ったのは梅花の形の突起が混じったサメ皮、髪は本田髷、浅草諏訪町《あさくさすわちよう》のおやじが広めに毛を抜いた額、剃《そ》りたてはいやなものだがちょうど二日目とくる。

「和尚《おしよう》、先に入っちまえよ」

えん次郎が声をかけたのは出入りのヤブ医者、暮らしはやっぱりタイコモチ[43]同然の、わる井《い》しあん。坊主頭だ。

しあんは黒縮緬の小袖[44]、御納戸茶色のななこの羽織、酒焼けで鼻先が赤く、近眼である。それが朝顔の絵の入った扇で細竹のすだれを持ち上げて、

「喜之ぼう、いるかい。えんさんがおいでだぜ」

と家へ入ると、土間の流しの上で喜之介の女房に指図をうけながら、若い下女がしもやけだらけの手で狆《ちん》[45]にぬるま湯をかけている。色あせた青茶の木綿で出来た綿入れの半襟に、どっかの紋所が入った端切れを使っているという風体。

「ほら、こうして。じっとしてなって。あ、見て下さい。こんなにうれしがっちゃって」

と言われたのは女房おちせだ。

ツヤなしの上田縞《しま》(46)、脂じみた小袖に幅の広い黒ななこの半襟をかけ、媚茶《こびちゃ》(47)色のなな

(32)（13ページ）**三つ重ねた**　中に下着を三枚着るとはずいぶん寒い日なのだろう。

(33)（13ページ）**間島縞**　南方由来の古くからある縞織物。広東が訛ったという説もある。

(34)**ななこ**　「ななこ」は織り目がカゴを編んだように見える絹織物。ふっくらとした厚手の生地になる。

(35)**裾回し**　腰から裾、袖の裏に縫いつけた生地。この場合、動くと花色縮緬がちらりと見えるわけだ。

(36)**白羽二重**　光沢のある白い絹織物。お宮参りの赤ん坊や花嫁が着る極上の布。

(37)**五丁紐**　かつて流行したものの、すっかりすたれたようだ。

(38)**ちょん掛け**　環《かん》に引っかけるだけの便利な仕様。いちいち穴を通して結ばずに済む。今もたいていはそうなっている。

(39)**御納戸茶**　暗めの青緑色。その帯を黄八丈に合わせるとは、シブ派手《ハデ》感覚。

(40)**緞子**　ご存知、金襴緞子《きんらんどんす》の緞子。これまた高級絹織物である。

(41)**八幡黒**　山城国八幡産の真っ黒な革。柔らかくはきやすい。

(42)**くつ足袋**　くるぶしから下だけの足袋。いわば現在のショートソックスである（スニーカーソックスとか言うやつ）。昔からたいていのものはあったのだなあ。

(43)**出入りのヤブ医者、暮らしはやっぱりタイコモチ**　医者だけでは食っていけないというか、遊びの金をすべてえん次郎に出させているのである。道楽息子の友達とかって、今もそういうものだろう。

(44)**小袖**　袖口の狭い衣類。キモノの原型。

(45)**狆**　狆といっても、江戸時代には外来種の小型犬全体を指した。綱吉を思い出してもわかるように、ペットは大ブームだった。

(46)**上田縞**　信州上田で産出された丈夫な紬糸を縞模様に織ったもの。紬はよく撚《よ》った強い糸から出来るから実用的でもあり、パリッとしていて着やすく、染めると渋い色が出る。

(47)**媚茶色**　黒みがかった茶褐色。前出の憲法染より明るい。「媚」というくらいで、人の気をそそる色とされた。茶褐色が色っぽいとは、ピンクがセクシーとかわかりやすいことを言わないオツな感覚である（オツは甲乙の「乙」なので、メジャーよりあえてマイナーを狙うセンス）。

こ帯を脇へ回し、更紗《さらさ》の風呂敷をそこに前掛けがわりにはさんで、髪は稲城《いなぎ》結び[48]、お歯黒[49]のカネを落として白い歯なのは夜につけようという算段。かかあ天下にはもう一歩という女。

　元は江戸町一丁目の松葉屋の花魁《おいらん》についた世話新造[50]だったが、年季が明け、かねてからずっと情を通じていた客、喜之介の女房になった。職業柄の髪の薄さ[51]、耳の横に出来た枕ダコ[52]はその隠せぬ証拠。まだ廓《くるわ》言葉が抜けず、

「そのまんま二階の日当たりのいいところへ連れていって乾かしな。おや、しあんさん、よくおいでなんしたね。えんさんも、この間はお早いお帰りで。あの人ならうちにござりやすわ」

　とやりかけた仕事を片づけようとする。

えん「ここのうちの流しは松葉屋の湯殿かよ。かわい子ちゃんが行水ときた」

しあん「日本橋本町、薬問屋の軒下もこんな感じの土間ですよね」

　喜之介はといえば、部屋を仕切る柱へ寄りかかり、忍び駒[53]をはさんだ三味線をつまびいている。袖口がちょっと傷んだ縞の紬《つむぎ》で、裏襟に別な布を縫いつけた小袖。萌黄《もえぎ》色の真田紐[54]を帯のかわりにしている。

　その三味線を帯の下へ置いて、

「こりゃお揃《そろ》いで。どうぞこちらへ」
えん「大分《でえぶ》眠そうな顔だなあ」
しあん「よそへ泊まった先輩女郎の客を徹夜して待ち伏せたがしくじった新造、と。そんな顔だぜ。丁子屋《ちょうじ》(55)だと帳場で叱られたみたいだ」
喜之介「ゆうべはつまさん(56)主催の茶番狂言(57)で深川の升屋《ます》っすよ。今朝八つ(58)に帰ってきて、今起きたところで」
えん「つまさんはやっぱり深川(59)にハマってんだな？」
しあん「深川のあの女、おみなもたいしたやつだよ。この頃も、どこかの番頭に抱え

(48) **稲城結び**　流行のヘアスタイルらしいが、具体的には不明。
(49) **カネ**　酢酸に鉄をとかしたもの。鉄漿《かね》。この美意識だけはどうにもわからない。
(50) **世話新造**　遊女を世話する役だが、春もひさいだ。
(51) **髪の薄さ**　髪の手入れが重なるのと、流行病の影響などによる。
(52) **枕ダコ**　客と寝てばかりいたから、という揶揄。
(53) **忍び駒**　張った弦の下にはめて、響きを小さくする道具。ギターでも使う弱音器ってやつ。
(54) **真田紐**　幅狭に織った絹、本綿。丈夫で手頃な値段。喜之介の庶民ぶりを活写している。
(55) **丁子屋**　江戸町二丁目の丁子屋庄蔵という店。
(56) **つまさん**　研究では誰を指すかわかっているようだが、要するにプロデュース能力のあるパーティピープル。それさえわかっていればOK。
(57) **茶番狂言**　即興で笑わせる芝居。
(58) **八つ**　午前二時から四時頃。街灯ひとつない江戸市中はこの時間、さぞ暗かっただろう。吉原をのぞいて。
(59) **深川**　吉原と対抗する大きな遊興地だったが、公然とは娼妓を置けなかったため私娼。深川の芸妓たちは「芸は売っても色は売らない」という威勢のよさで有名。「羽織芸者」などといって、男まさりで羽織を着て座敷に出る。「辰巳芸者」とも呼ばれ、素足でまさに男。きっぷのよさが江戸の美意識を映していた。

をしてもらったってね」

深川の花柳界で抱えをしてもらうというのは、吉原で新造を出すのと同じこと、妹分を作ってもらうのである。

喜之介「俺はこの間もつまさんのお供をして、尾多喜屋《おだきや》のおよう、五介、鶴太夫、長二、ぢんす、仲吉やら誰やら有象無象を連れて、向島《むこうじま》まで遊びに繰り出しましたよ」

えん「杜稜《ときよう》(60)さん、文京(61)さんと違って、つまさんは吉原へはちっとも来ねえ。俳諧と義太夫はたいした腕らしいが」

と言いながら腰に吊した池之《いけの》端《はた》は越川屋《えちかわや》製の、あんぺら生地(62)で縫いしろを内側にした仕立ての、職人・柳左《りゅうさ》が作った根付け付きの煙草入れから、キセルを出して火を吸いつけた。

女房は宣徳の火鉢(63)の上に掛かっている広島薬罐《やかん》(64)から茶をついで、えん次郎としあんに出す。喜之介は俵屋宗理(65)が菊を描いた半戸棚から豆の混ざった金平糖を出し、

「これ、どうぞ」

とえん次郎の前に置いた。

しあん「えんさんが酒を飲まねえのは、玉にキズだね」

「不思議なもんで、今の通《つう》は下戸でしょ」

と喜之介はえん次郎をおだて、続ける。

「しあんさんにいいものがある。昨日、長崎屋(66)のこはんのところから隅田川(67)をもらったんで。おちせ、さん(68)に燗《かん》をさせな。しかし肴《さかな》が何もなさそうだな」

しあん「寒《かん》見舞いの鮒《ふな》の昆布巻き(69)はなしか。あの鍋は、なんだ」

えん「意地汚いことを言うやつだな」

おちせ「おいしいものじゃありませんよ。けさのおみおつけの残りでござりやすわ」

しあんは立っていって鍋のふたを開け、

しあん「うお、なんだ(70)。豆腐汁が冷えてるよ。松葉屋が月末に出す晦日《みそか》豆腐《どうふ》と同じで、こういうのは冷たくっちゃだめだ」

(60) **杜稜**　当時名をはせた、こちらもパーティピープル。材木商だったらしい。

(61) **文京**　序を書いた松前文京。楽屋オチは洒落本の基本である。

(62) **あんぺら生地**　カヤツリグサを織った生地。

(63) **宣徳の火鉢**　中国は明の宣徳年間に作られた銅器の模造品。

(64) **広島薬罐**　雲竜の模様を打ち出した真鍮《しんちゅう》製のヤカン。

(65) **俵屋宗理**　初代は光琳系の画家だが、葛飾北斎《かつしかほくさい》が『総籬』の八年後から二代目俵屋宗理を一時名乗った。京伝、酒井抱一、葛飾北斎が交差する時代！

(66) **長崎屋**　吉原仲之町の茶屋、長崎屋小平次。

(67) **隅田川**　銘酒。浅草並木町（今の雷門二丁目）にあった山屋半三郎の店から出ていた地酒。当時、酒に上方のものが多かったから、これは東の人間を喜ばせるには格好の逸品だったろう。

(68) **さん**　若い下女を呼んでいる。名前がなんであっても「さん」と呼ばれた。

(69) **鮒の昆布巻き**　茶屋の近江屋権兵衛が客への配り物にした吉原名物のひとつ。

(70) **うお、なんだ**　原文「おきゃあがれ」は江戸の重要ワード。ふざけるなとか、黙ってろとか、ともかく否定する言葉で威勢がいい。今でも浅草あたりで使う人を知っている。

喜之介「お疑いは晴れましたか」
しあん「じゃ、うなぎをとりにやらせるってのは……」
えん　ん「どうだって聞いてるのかよ。おいおい、いじめてくれるぜ」
　とえん次郎は金唐革《きんからかわ》(71)の前提げ(72)から、二朱銀(73)を一枚放り出した。
喜之介「青か、白か」
しあん「やっぱりすじを。長焼き(74)で」
　青、白、すじとはすべてうなぎ通の間の符牒《ふちょう》である。おちせは女中に言いつけて、日本橋堀江町へ取りにやらせる。
おちせ「急いでね」
喜之介「ところでえんさん、吉原京町の新造を買ったたって色事が噂《うわさ》になってますけど」
えん　ん「それで気分がよくないんだよ。その店の二階に部屋を持った女郎なんだが、こっちの方の悪い奴《やつ》で」
　と池之端住吉屋が青金(75)と純金で布月模様をほどこした一本延べ(76)のキセルで、えん次郎は自分の胸を叩いて見せる。
しあん「だいたい万菊《まんぎく》程度の若い女郎に型を教えて、名人訥子《とつし》(77)級の立ち役(78)が相手にするんじゃ、客にもウケない(79)ね」

と冷やかすようにえん次郎をおだてあげた。

え　ん「今朝も尾張屋(80)の男がやつの手紙を持ってきたが、傾城《けいせい》(81)も店の主人と意地の張り合い(82)になって部屋から出ねえそうだ。芝居(83)なら後ろで何か哀れな草笛(84)でも吹いてもらいたいような中身だったぜ」

と、えん次郎は二重蔓《ふたえづる》(85)の柄で両方に口のある紙入れから、糊《のり》のきいた半切り紙に火

(71) **金唐革**　革に唐草や花鳥風月の型をつけ、金泥で装飾したもの。
(72) **前提げ**　前巾着に同じ。袋に紐を通して着物の下にさげていた。
(73) **二朱銀**　長四角をした銀貨。江戸時代には金も銀も流通していた。価値は一両の八分の一。江戸中期だと、ざっと一万三千円弱。
(74) **長焼き**　一本丸ごと裂いて焼く。
(75) **青金**　銀や鉄と混ぜた金。青っぽくなる。
(76) **一本延べ**　一本丸ごと同じ金属で延ばして作った、組立式じゃないもの。
(77) **訥子**　三世沢村宗十郎の俳名。
(78) **立ち役**　いい男しか演じない役者。悪役や道化をやらず、老人を演じず、女形でもなく、つまり男性スターとして持ち上げられる。もう現代の芸能界ではほぼ消滅しかかっているが、昭和まではこのシステムは機能していた。映画スターとか男性アイドルという形で。
(79) **客にもウケない**　訥子をえん次郎にたとえ、まだ未熟な万菊を女郎にたとえた。その組み合わせじゃ不足だ、というわけである。ヨイショするほどおごってもらえるからあんなことやこんなことを言ってみせる。
(80) **尾張屋**　茶屋。ここで遊女との仲立ちをするわけだが、その座敷での歌や踊りがまた流行を発信するのである。
(81) **傾城**　特に高級な遊女を指す。ご存知の通り、元は城さえダメにしてしまうほど入れあげる美女という言葉。
(82) **意地の張り合い**　原文「たて引き」。これも江戸の重要ワードのひとつ。「恋のたて引き」などといって、一人の相手を間にして互いに一歩も引かない姿を言う。喧嘩は男でも女でも江戸の花。
(83) **芝居**　江戸時代、芝居といえば歌舞伎。
(84) **草笛**　歌舞伎で物悲しいシーンになると、向かって左の下座《げざ》という場所（オペラで言うならオケピ）から草笛がＢＧＭとして吹かれたりする。草笛とは言っても葉っぱで作る笛ではなく、七つ穴の横笛のこと。

事で焼けた場所の地図[86]みたいな赤い模様[87]のある手紙を放り出す。喜之介はそれをとって開き、「さて」と書かれた場所から先を読んでみる。

何だか色々な御機嫌とりを書き、こうなればあなたも吉原仲之町で他の女と逢引《あいび》きするのを気をつけるでしょうし、わたくしにも意地があるから、江戸町の松田屋の女とは片をつけて、晴れていらして欲しいという内容。最後に是非是非という意味のことが十回ばかり繰り返してある。実のところこれは番頭新造と示し合わせ、えん次郎を色じかけで呼ぼうという狂言。近頃流行《はやり》の手だとわかっているから、喜之介もふざけた女だと思いながら顔に出さずに読み終え、

「俳諧連句なら恋の句が出始めたあたりの[88]、しかも女から口説いてくるっていうなんともたまんねえ文面だが、あの女郎はどっちつかずで生殺しにしておくと、あとで面倒っすよ」

えん「遣《や》り手ばばあ[89]によれば、二階へ上がるのを遠慮して下の部屋で会うくらいにしておいてもいいと、革羽織[90]の紐みたいにうまく両方の穴へくぐらせたようなことを言うからどうしようもねえ。こうなってみれば不憫《ふびん》だ。ひどい条件も出してはこねえだろうから、江戸町の方は片をつけて、堂々と行ってやろうかと思ってるんだ」

喜之介「それは大変な功徳《くどく》ってやつで」

しあん「恋の句も鯉《こい》の釣れるのもふたつ続くのがいい。あーあ、色男はつらいね」
と、そばにある三味線を取って、爪先でめりやす(91)を弾いて盛り上げる。
しあん「〽水無月も　流れは絶えぬ浮世にて　岸で夜船をこぎいだす　振袖新造(92)も顔に籬の　跡つくほどに待ちかねる　恋の噂の始めとて　くしゃみし終えてまじないを唱える様《さま》のやるせなさ」
おちせ「ねえ、それがこないだお披露目をした『素貌《すがお》』(93)って曲？　そのあとはどう続

(85)（21ページ）**二重蔓**　蔓が二本重なるデザインだが、重要なのは鎌倉時代以降に中国から伝来した織物であること。つまり海外直輸入のアンティーク。
(86)**火事で焼けた場所の地図**　火事の多かった江戸の地図には、焼失した場所が赤く塗ってあった。災害都市を茶化す。
(87)**赤い模様**　ここでは模様の印刷だが、今も花柳界には恋文の端に紅をつけた記憶が根付いている。書き終えたあと、ちょっと唇にはさんですべらせるわけだ。Eメールじゃそうもいきません。
(88)**恋の句が出始めたあたりの**　連歌も連俳も、恋の句は必ず入れることになっていた。連俳での席でそれが初めて出るのを「出恋」と言い、原文ではその二文字が使われている。
(89)**遣り手ばばあ**　原文は「やりて」。客と遊女とあれこれを仕切る役。ばばあと言っても十分若い。当時は二十歳過ぎたら年増と言われた。遊女の平均年齢も違いますし。
(90)**革羽織**　なめした革で作った羽織で鳶《とび》の頭《かしら》、つまり火消し職人の頭が着る。火除けになり、寒さにも強い。両方の穴にしっかり紐を結ぶ。頭はそうやってオシャレでいてくれないと。
(91)**めりやす**　長唄の短いもの。歌舞伎の恋の愁いをあらわす時とか殺しの場面で舞台下手から聞こえてくる。まさに布地のメリヤスのように長短を調整可能だからこの名がついたとも、「気が滅入りやす」というほどのマイナー調ゆえにというブルースっぽい異説もある（と、ある長唄の師匠が教えてくれました）。
　さて以下、歌はすんなり意味がわかるよう少しだけ意訳気味に訳す。七五調を基本に。なんなら今でもお座敷でうたえるように。お聞き下さい、どうぞ。
(92)**振袖新造**　十五歳前後でまだ客を取らない見習いの遊女。
(93)**素貌**　実際に京伝が歌詞を書いたこの曲の発表会を、例の序

くの？」

しあん「泰琳《たいりん》(94)の奴がうまい節をつけたよ。〽文《ふみ》の端へとつける紅《べに》　他へうつさぬ心根は　神々さんも誰やらも　とうに承知であろうけど　惚《ほ》れた証《あかし》をいつ見しょと　思えば少しも忘られぬ　思い出さぬは忘れぬゆえに　いつも思うているぞわしゃ　察してくだんせ我が名前　おの字をつけて(95)呼ばれれば　こんな化粧もせずに済む　雪なき夏の富士のよに」

喜之介「京伝が縦横無尽に心の機微を描き出した(96)ってわけだ」

え　ん「おい、かな屋のおいらん白妙《しろたえ》(97)の追善供養をした時の曲はなんだっけな」

しあん「それは『夏衣《なつごろも》』」

おちせ「『花ぐもり』は四代目の瀬川(98)さんの追善の曲だそうだねえ」

え　ん「先代の瀬川はどうしてる？」

喜之介「観音(99)の境内にいましたが、誰かに囲われたらしいっすね」

おちせ「で、玉の井さんはやっぱり深川の岡場所(100)？　あの子も不幸せね」

しあん「そうらしいな。今はどこの店も通さずにやってるそうだから、それ相応のなじみ客を見つけねえと。この間、いくよしのおいさに伝言をして寄越《よこ》したっけ」

おちせ「そもそもあの子の浮気から起こったことでしょ」

しあん「おめえのように喜之さんに情を尽くした女もあるのにな」
おちせ「あら、ばからしい」
しあん「おめえのそのセリフ、(101) 吉原にいる時以来だ」
と笑うので、おちせは羽子板形の茶焙《ちゃほう》じ(102)で、しあんをきつく叩く。やがて、えん次郎は京町での色事のうぬぼれ話を始め、喜之介は「おー、ありがてえ」とか「おー、そうさなー」などといい加減に返答しているところへ、女中がうなぎを買って帰ってきた。おちせは酒の燗を始める。

文の松前文京が開催した。京伝は文学、音楽、デザイン、浮世絵と様々なジャンルに精通し、作品を作り、しかもそれを流行させたアーティスト兼プロデューサーであった。ゆえに自著にリリース後の作品を入れ込んでしまう。宣伝でもあり、楽屋オチでもあるという寸法だ。抜け目がねえな。

(94) **泰琳**　荻江《おぎえ》節を作った荻江露友の法名（僧侶としての名）。めりやすで有名。

(95) **おの字をつけて**　「おちせ」「おさよ」などと遊女ならざる素人の名になって、という口説き文句。

(96) **機微を描き出した**　原文「うがった」。うがち、も江戸の重要ワード。世の中や人の心の奥に隠されたものを掘り出し、聞く者読む者が膝を叩くような絶妙な言葉で言い表すこと。通な情報。遊廓のよいガイドになっていることも重要視された。

(97) **白妙**　いわば「京町かなやプロダクション」専属の最高位の遊女。

(98) **瀬川**　松葉屋のトップ遊女。この名前は選ばれた究極の女性にしか継げなかった。おいらんの頂点。なお本作中で松葉屋は松田屋という仮の名でも書かれ、あちこちで松葉屋とも書かれる。虚実皮膜（ちなみにこの概念は本書成立のおよそ五十年前、上方で近松門左衛門によって称揚されたと言われる。「虚にして虚にあらず。実にして実にあらず」）。

(99) **観音**　観音と言えば浅草寺を指した。

(100) **岡場所**　原文「仲町」。吉原は公に許可の出た遊廓。岡場所はいわゆる私娼屋の並ぶところ。

(101) **セリフ**　「ばからしい」というのは、当時の吉原での流行語だったのか！

(102) **茶焙じ**　茶を焙じる用具。

喜之介「いやいや、気心知れてるえんさんと俺たちだ。酒はそのまんま出しな」
おちせ「いいえ、それでも」
え　ん「いいよいいよ」
というので、袴《はかま》(103)の部分のないちろり(104)をそのまま出す。
しあん「袴がねえか。こいつは着流しのちろりってところだな。洒落《しゃれ》たもんだ」
などと言っているうち酒盛りになり、うなぎもあらかたたいらげてしまう。
喜之介「そうだ、日本橋住吉町の川治から茶入れ(105)を持ってきといたんで、見て下さいよ」
と戸棚から茶入れを二つ出してみせる。土の色、底の糸切りの具合、釉薬《ゆうやく》の塩梅《あんばい》を見たえん次郎は、
「こいつは京窯《きょうがま》(106)だね。新兵衛か万右エ門の作だろう。大判金一枚(107)ってとこかな。こっちはまるでだめだ。ひどい売れ残りだよ。そういや、この間、数寄屋川岸《すきやがし》(108)の伏甚《ふしじん》が瀬戸焼茶入れの逸品、玉川と滝波を見せに寄越したが、小堀遠州《こぼりえんしゅう》(109)の書付けがあって四十両。目玉が飛び出たね。袋は白地の小牡丹《こぼたん》(110)、ひとつは権太夫(111)が持ってた逸品。どれも金箔《きんぱく》の摺《す》り具合がよかった」
しあん「私は先日、浅草橋場で江月《こうげつ》(112)和尚の横書きを見ましたよ。『一片の雲自西自東《にしよりひんがしより》』

という書さ。表具もよかったね。天地(113)はやっぱり太《ふと》じけ(114)だったけど、風帯《ふうたい》と一文字《いちもんじ》(115)は京都安楽庵《あんらくあん》の古い金襴《きんらん》で」

えん「俺に譲ってくれねえかなあ」

しあん「手放しゃしませんって」

喜之介「吉原角町《すみちょう》の惣六《そうろく》が高麗《こうらい》もの(116)の器、御所丸(117)と金海を持ってたっけ。それと、品

(103) **袴**　「ちろり」を置くための容れ物。そのちろりの意味は次の注で。

(104) **ちろり**　銅や錫《すず》で出来た円筒で口のついた容器。そこに酒を入れて湯の中で温めた。今のような陶器の徳利が出来るのは十九世紀初頭からとも言われ、少なくとも前世紀末の『通言総籬』の時代にはなかったはず。

(105) **茶入れ**　抹茶を入れておく茶器ですね。

(106) **京窯**　小さな窯で、天井も低いのが特徴。ここでは、そこで焼かれた茶入れを指している。

(107) **大判金一枚**　一般に七両とちょっと。

(108) **数寄屋川岸**　今の銀座の数寄屋橋に沿った一角。

(109) **小堀遠州**　日本文化のＶＩＰ。備中松山の大名にして茶人、庭も作り建築もこなす、安土桃山から江戸初期にかけての才人。遠州流の茶道も作り上げた。綺麗さび、という美意識でも知られる。「さび」が経年変化などによる衰えを楽しむものだとすれば、綺麗さびはある種わかりやすい美を目指す（綺麗さび大好き！）。

(110) **小牡丹**　牡丹の小さな模様のある金襴。

(111) **権太夫**　小堀遠州の弟子、柳沢権太夫が持っていた江戸初期の金襴の古切れをいう。

(112) **江月**　京都大徳寺の住職で、書の達人。こちらも遠州流の茶人なので話はつながっているのだ。

(113) **天地**　掛け軸の、書や絵が貼っていない上下の部分。なんか別な織りの生地になってるじゃないですか、透けてたりして。あそこ。

(114) **太じけ**　カイコの繭の外側だけから採った粗悪な糸。それで織った布だ、と言っている。

(115) **風帯と一文字**　風帯は掛け軸の上方（天）に二本タテについた細い布または紙、一文字は貼った書画の上下に横向きについた布。どちらも同じものを使うのが常道である。

(116) **高麗もの**　朝鮮の、この場合は陶器を指す。つまり舶来の一級品。パリ直輸入的な。

(117) **御所丸**　小堀遠州より少し前、近江に大名であり、茶人であり、庭も作れば建築家でもある古田織部がいた。もう一人の

川宿は村田屋の主人、万千《ばんせん》が持ってる松花堂[118]の布袋《ほてい》はおそろしく出来がいいっすよ。万千といえば、そうだ、まだえんさんに話してなかったけど、柳郊《りゅうこう》さんが村田屋で大変な色事で。お相手はなんとかいう女郎でしたよ。村田屋って言えば、この頃あそこのご主人たちの部屋はまるで扇屋[119]みたいなもんで、万千もおつまも中で和歌を詠みますからね」

えん「あそこの、その歌《か》って女郎を昔買ったもんだよ。ああ、四谷新宿から引越した橋本、あの旅籠《はたご》屋はまたもとに戻ったそうだね。おいろといういい女郎がいたっけなあ。妙国寺の仁王門に名前入りの提灯《ちょうちん》がさがってたもんだ」

喜之介「あのあたりはただただ朝の景色がいいばかりですね。問屋場《といやば》[120]で馬がヒンヒンやってて弱る」

えん「大木戸[121]の石垣に雪駄の裏からとれた鉄だの金だのがはさんであるのは、ありゃなんだ」

しあん「何か願を掛けてるんで」

えん「俺はあのへんまるでわからねえから、ちょっと足でものばそうか。湯治へ行ったついでに、賀達《かたつ》のところへ行ったっきりだ」

喜之介「ご存知なくてもいい場所っすよ」

しあん「いや論語の『夷狄《いてき》だも君《きみ》あり』(122)ってなもんで、野蛮なところにどんな女がいるかわからないよね。吉原だったらつけとどけの文《ふみ》をやるくらいのところへ、台に乗せて料理を運ぶっていうんだから」

喜之介「うわ、台の物がきちゃあ大騒ぎだ。あのへん品川の遊女が恐がるのはお鷹《たか》匠《じょう》(123)の宿泊、嫌がるのは夜八時に三人が交代して店の正面へ座るって決まり。にぎやかなのは夷講《えびすこう》でね。みこしを作って二階の客の間をかついで回る家もあるし、下男をえびすに仕立てて囃《はや》したてて歩く家もあるんすよ。そもそも素人芝居に人気のあるところで」

日本文化のＶＩＰだ。織部は遠州に茶道を指南している。この師弟こそが安土桃山から江戸までのハイセンスをリードした両巨頭。大坂夏の陣のあと、豊臣との密通容疑で徳川家から切腹を命ぜられ、お家は断絶。こうした抑圧への反発としても、江戸の「織部好み」はあったのかもしれない。

それはともかく、一説に古田織部が日本からデザインなどの指定を送って、朝鮮半島の窯で作らせた器のひとつを御所丸、金海御所丸などという。

(118) **松花堂**　松花堂昭乗。江戸初期の僧侶で書が有名だが、絵にも茶道にも通じていた。文化に関して、ひとつのことしかしない人の方が珍しいのが、第二次大戦前までの日本ではないだろうか。

(119) **扇屋**　吉原江戸町の店。主人鈴木宇右衛門は俳人として五明楼墨河と名乗った。あとでちらりとこの墨河は出てくる。

(120) **問屋場**　街道の宿場にあって、幕府のための人や馬の手配、手紙の管理などをした。

(121) **大木戸**　江戸市内に入ってくる五つの街道すべてに関所のようなものを作って、治安維持をしていた。その大きな関門。

(122) **『夷狄だも君あり』**　文化が低い国にも立派な主君がある、という一節。

(123) **お鷹匠**　将軍の鷹狩りに従事する幕府の役人が、表向きは宿屋である場所へ来れば、もちろん摘発は恐い。そもそも刀を差したカタブツ集団が面倒という感覚もあろう。

おちせ「ああ、昔は松田屋でもよく素人芝居がありましたねえ」
しあん「丸えび屋あたりでもよくやったよ」
おちせ「墨河《ぼくが》(124)さんが工藤祐経《くどうすけつね》で、玉屋の山三《さんざ》さんが曽我《そが》五郎で、吉原大門《おおもん》(125)の四郎兵衛さんが祐成《すけなり》で、面白いことがありましたっけ」
喜之介「素人芝居といや、物真似芸人の宗十郎松が六軒(126)のおさくと別れて、古石《ふるいし》(127)の豊《とよ》倉《くら》に熱をあげてるらしいっすね。笑えますよ」
え　ん「いや、あいつが中洲《なかず》(128)で目の見えねえ地獄女郎(129)を買ったときほどおかしいことはなかったぜ」
おちせ「あれ、えらく煙くさいよ。さん、火事はすぐそこじゃないか」
え　ん「本当だ。芝居の雪がロウソクへ降ったような匂いがする。おい和尚、あんたの羽織に火がついてるぜ」
しあん「わわ、こいつは大騒ぎだ。かかあに叱られる」
喜之介「もうちょっとで、『もろせ』(130)組の火消しに出動願うところだったぜ」
しあん「ふざけてる場合かよ」
え　ん「焼け太りになればけっこうなことさ」
　この間におちせの手料理で卵の厚焼きに山葵醤油《わさびじょうゆ》をかけたもの、古漬けの茄子《なす》と守口大根を細かく刻んで醤油をかけ、梅酒を垂らしたものが出ている。えん次郎、しあんには茶漬けもふるまわれた。
えん「まったく和尚はよく食うよ。盗み食いがあったら、この男が犯人だ」
しあん「ところで、松葉屋じゃ小梅の青いのを出すね」
喜之介「あれは名物(131)っすから。扇屋ならせんべい、丁子屋なら足が蝶《ちょう》の形のお膳、四ツ目屋ならカステラ、竹屋は水貝(132)、しずか玉屋はふやかした麦、みーんな名物」
しあん「丁子屋じゃねえが、はてなと言いたいところだ」
喜之介「流行語も面白いもんで、ちょっと言い出すとえらく流行《はや》るもんすよね。この頃だと扇屋の貴公《きこう》さん(133)、丁子屋がはてな、ぶしゃれまいぞ(134)、おたのしみざんす、松葉

(124)　**墨河**　例の扇屋の墨河。素人芝居で曽我兄弟ものをやり（ご存知敵討ちといえば、曽我もの。鎌倉時代初期の実話が芸能化され続け、歌舞伎でも明治までの初春公演は必ずこれと決まっていた）、敵役の工藤祐経が名演であったと京伝シリーズの前作『江戸生艶気樺焼』に出てくる。

(125)　**吉原大門**　正面の大門右手で私設の番所に詰めていた者を、その立場の呼び名として四郎兵衛と言った。交代で勤めたそうだから休みの日の四郎兵衛が遊んでいたわけだろう。のんびりして見えるが、遊女の足抜けを見張っていた。

(126)　**六軒**　地名。公許でない遊女屋が集まっていた地域のひとつ。

(127)　**古石**　深川の地名、古石場《ふるいしば》。

(128)　**中洲**　福岡のではなく、ここでは日本橋の地名。隅田川の中洲で埋め立て地。一時は歓楽街としてにぎわったが、『通言総籬』が刊行されて二年後、洪水や寛政の改革などが影響して取り壊しになった。

(129)　**地獄女郎**　原文「地獄」。下級売春婦。店に属さず辻にでも立っていたのだろう。

(130)　『**もろせ**』も組、ろ組、せ組（日本橋あたりを担当した二番組）の町火消し。

(131)　**名物**　原文は「つけめ」。各店オリジナルのアピールポイントを競った。

(132)　**水貝**　アワビの刺し身！

屋がじゃあおっせんか[135]。玉屋は鬼の首、大文字屋の知らぁん[136]もよく聞くし。様というところを、せと言ったり。越前屋になると、本当にというのを、たんって言ったりして」

えん「丁子屋の日天《にってん》様[137]と、きれいでざんすよと、松田屋の山寺[138]と、逆さ言葉[139]はいつの間にか流行らなくなったな」

喜之介「今でもあっちこっちで言うのは、知ったか[140]っすね」

しあん「おちせさん、おめえはよく知ってるだろう。大かな屋で正月に遊女に着せる衣装はなんだっけ?」

おちせ「確か地が黒で色入りの花たてわき[141]、角のつた屋だと鷹《たか》の模様ですね。わかな屋なら若松に霞《かすみ》がかかったの、中おうみ屋が花格子[142]でござりやす。鶴屋は裾模様に牡丹をあしらったのという時もあるし、緋縮緬《ひぢりめん》の無地のことも。角の玉屋は牡丹。松がね屋が桜川[143]。松葉屋なら孔雀《くじゃく》絞り[144]だけど、大えび屋の鳳凰《ほうおう》とよく間違ったもんです」

えん「扇屋の十二単《ひとえ》 模様、丁子屋の若松の絵を額に入れた模様も有名だね」

おちせ「松葉屋で瀬川さんの名前を継いで初めて客を取る[145]時は、いつでも決まりで八ツ橋にかきつばたの模様になります。大文字屋では、とかく魚の模様で」

えん「元日に年始の礼に出させるのは大びし屋だけだな」

おちせ「そうそう」
喜之介「大びし屋だと偉い女郎の名で初客を取る時、部屋持ち女郎は挨拶回りに出ないけど、あれはどうしたわけかな」
おちせ「わかりませんねえ。松葉屋はそもそもお堅い店で、女郎衆に上草履を履かせやせん(146)ね。今でも履いていいのは瀬川さん、松人《まつんど》さん、他に部屋持ちが二人といったところでしょう。そして祝日にだけみんなで草履さ。中座《なかざ》の位の遊女まで櫛《くし》や笄《こうがい》(147)に象牙《ぞうげ》を埋め込んだ蒔絵《まきえ》(148)でねえ。ねえ、さんや、だいぶ煙が立ってきたから、ちょっと

(133)（31ページ）**貴公さん**　初めての客で名前がわからない場合にこう呼ぶ。
(134)（31ページ）**ぶしゃれまいぞ**　ふざけないで。不洒落、と書くのだろう。
(135)**じゃあおっせんか**　じゃありませんか。
(136)**知らぁん**　現代の流行語のニュアンスと変わらない。こういう一発芸など明日にでもテレビで見そうだ。
(137)**日天**　各方角を護る十二天信仰のうちの、太陽を司る存在。
(138)**山寺**　酒ぐせの悪いやつの符牒。
(139)**逆さ言葉**　女↓ナオン、旅興行↓ビーター、おっぱい↓パイオツ……こういうのは「いつの間にか流行らなくなった」そうです。江戸後期にすでに。そうか……くりびつ。
(140)**知ったか**　知ったことか。
(141)**花たてわき**　「立涌」は奈良時代からの紋様。波のラインを二つ重ね、中央がふくらみ両端がすぼまる。ふくらみの中に花が入ってくると「花立涌」、雲が入れば「雲立涌」となる。
(142)**花格子**　格子の中に花。格式とあでやかさのあるデザイン。
(143)**桜川**　流水に散る桜花。このデザインは今も多用されている。
(144)**孔雀絞り**　孔雀の羽根の丸い部分を紋様にし、絞りにしたもの。派手なものを渋くするセンス。
(145)**初めて客を取る**　原文「つき出し」。遊女としてのデビュー。
(146)**女郎衆に上草履を履かせやせん**　上草履は「室内履き」。遊女だけは履いていいことになっていたが、松葉屋ではそれも禁じた。老舗は厳しい。
(147)**笄**　もう若い人はわからなくなっているかもしれないから老婆心で説明すると、アップした髪を留めるための大事な道具。今ならスティックってやつ（あれ、棒って言ってるだけなんだよな）。

薪《まき》をくべな」

しあん「丁子屋だって堅い家だよ。客の前を通る時は上草履を手に持つんだ。客の通って来ねえ女郎は、軒先の行灯《あんどん》に火が入る頃にゃ、もう仲之町に出さねえ。それと、二階に小便所が二ヶ所あるのと、土間からもはしごで上がれるようにしてあるのは丁子屋だけだ」

喜之介「丸えび屋にははしごがふたつありますよね。それから、扇屋の小便所ほど遠いのはねえでしょう。寒い時なんか大変だよ。若い衆の半七が合羽を着て寝床のあげおろしをするのも昔っからの決まり。玉屋もお堅い。店じまいも早いし。それから松葉屋じゃ、姉女郎のことを花魁でなく、わっちらんと言うね。扇屋なら座敷《ざしき》出《で》と言う。丁子屋だと姉女郎のそのまた姉女郎を大きい花魁って言いますよね」

えん「玉屋といや、紫夕《しせき》の将棋の腕はあがったかい」

喜之介「こないだタイコモチの我物《がぶつ》が一局は香落ち、一局は角落ちで対戦して、二番とも負けたらしいっす」

えん「琴棋書画《きんぎしよが》(149)ってやつか。風流一般に通じるつもりだな。傾城にも色んな趣味があるもんだ。象潟《きさかた》はめりやす『水鏡《みずかがみ》』(150)が好きだし、瀬川は茶の湯、歌菊が洒落言葉の点付け遊び、菅原《すがわら》は道真《みちざね》公に願かけて、紋所(151)にちなんで梅干しを断《た》ってるし、若鶴《わかづる》は俳諧、雛鶴《ひなづる》は団十郎(152)びいき、松人の口癖がどうしたのだえ、丁山は誉《ほ》めればちょっとまあと受け流す、滝川なら三つ七宝の家紋しか使わねえ、九重は禿の他に男の子を抱えている。てなところが最新情報」

しあん「こないだ、浅草今戸にある扇屋主人墨河の別宅へ顔を出しましたら、井筒屋のせっぺい、花礫《かれき》のぎょみん、泉屋こえん、いの字伊勢屋のせいら、長崎屋のこはん、尾張屋せつ久、医者のかんぼく、宗匠のとりゅう、などなど集まって梅枝(153)が点を付ける俳諧(154)をやってました。奥方いなぎも源氏物語に句読点やらを入れるのに凝ってましてね。ただ、浅草寺地内に住んでいた荷田春満《かだのあずままろ》(155)の娘おたみが死んで力を落とし

(148)（33ページ）**蒔絵**　ついでに蒔絵も説明。漆の技法で道具に漆を塗り、その上に金銀粉などを載せて模様を作る。優れたその箱の質感、デザインなど見るとうっとりしてくる。漆にあたったのか。

(149)**琴棋書画**　楽器とボードゲームと書と絵。優雅な男のたしなみを遊女も。

(150)**水鏡**　どんな歌詞かは不明。鎌倉時代に成立した歴史物に同じ題名のものがあるが、めりやすで神武天皇以来の逸話をうたうとも思えない。顔を洗う水を鏡にして恋の思いにふける、といったちょっとした短い唄なのだろう。

(151)**紋所**　道真公で有名な「梅鉢」の紋（中央の円を囲んで梅の丸い花びらが五つ並ぶ）。

(152)**団十郎**　五代目市川団十郎。白猿として引退してから復帰。真面目さと俳諧の趣味でも知られる。京伝が復帰後の白猿を楽屋に訪ねた話も書き残されている（『蜘蛛の糸巻』）。また北斎との交流も有名で、肖像画もある。ああ重ねて文化の黄金時代！

(153)**梅枝**　梅枝とは遊女・菅原の俳号。

(154)**点を付ける俳諧**　連歌から派生した江戸文学の真骨頂。複数が座を作り、規則のもとに句を詠んでいく。そのユーモア、その引用、その鋭さに任意の者が点を付けた。俳諧においては身分を超えて座が組めたし、そこで文学の教養も機知も身についたのである。

(155)**荷田春満**　国学のビッグ4の一角。とはいえ、ビッグ4の一

ておりますね。墨河も釣りばっかりやってます」

えん「ところで、今日は二十六日だな。あさっては三河島の不動の縁日へ行こうぜ、喜の坊」

喜之介「行きやしょう」

えん「先月の縁日ほど傾城を見たことがねえ。なあ、喜の坊。まず象潟、俵屋よしの、錦戸の若鶴、七越《ななこし》、七里《ななさと》、扇屋のかたうた」

喜之介「岩越も出かけてましたし、唐琴《からこと》も確か見ました。芸者[156]も大分《でえぶ》いましたね。あさを、駒次、おりせ」

えん「兵庫屋のおくにも来たっけ。なるほど芸者は繁盛してる。見番《けんばん》[157]に蕎麦《そば》が届いてばかりいるはずだ」

座敷へ十人出ると、見番は蕎麦を一分[158]注文することになっているのだ。

しあん「そうだ、花川戸の羅月《らげつ》[159]の妹は、吉原芸者いつ梅と楊枝《ようじ》屋おいく、二人の美人をひっくるめたような顔だねえ。あれでうっすらしたあばたがなけりゃ、いい娘だ」

えん「何言ってんだ。うっすらどころか、姫路の革細工に小紋を押したみたいにデコボコじゃねえか。あれ、ちょっと寄っていくつもりが話が盛り上がっちまった。ちょうどいい時間になったな。もう昼営業で出しておくお神酒《みき》も引っ込んだ頃だろう。

喜の坊、一緒に行こうぜ。今夜は江戸町一丁目の松田屋へ繰り出すつもりだ。なあ、和尚」

しあん「おちせさん、喜之さんをあずかるよ。俺と行けば、振袖新造(160)なんかといちゃつかせやしねえ。色男の亭主を持つと気が休まらないだろうが」

「大事なもんだが、お貸し申しやしょう」

とは言うものの、おちせは最近吉原から届いた手紙をちらっと見たことがあるので、喜之介に色事があるのは承知でいる。

「お供します。おちせ、着物を出してくれ」

と喜之介は松田屋と聞いて開いた口に餅が入ってくるような気分。女房は通だから顔色ひとつ変えずに立ちあがり、戸棚の重ね箪笥《たんす》の引き出しから、結城縞(161)の上着、例の松葉屋(162)ならではの孔雀絞りに石竹《せきちく》あられ(163)を縁《へり》につけた下着、緋縮緬の襦袢、黒い上

人である賀茂真淵《かものまぶち》は荷田の弟子だから、存在感はさらに大きい。復古神道の祖。

(156) **芸者**　吉原で遊女と客の宴席を盛り上げるべく、歌い踊る者。

(157) **見番**　芸者のマネージメントをになう場所。今もまだ花街には残っていて芸者さんを取り仕切り、三味線や太鼓や笛、小唄長唄、踊りの稽古場ともなっている。

(158) **一分**　金貨。一両の四分の一。二万五千円くらい。

(159) **羅月**　京伝の友人、通人と言われた男で浅草花川戸に別荘を持っていた。

(160) **振袖新造**　原文は略して「振新」。略すんですよ、昔も。パーソナル・コンピュータを「パソコン」というのとまったく同じ。

(161) **結城縞**　今の茨城県、結城市名産の紬。その縞模様。

(162) **松葉屋**　虚構の松田屋と現実の松葉屋が交差する。さて、ど

田紬の羽織を出す。羽織はえん次郎にもらったものなので気を遣ったのだ。喜之介は着終えて紙入れをふところへ入れ、

「ちょっと鬢《びん》をなでつけてくれ」

おちせは自分が挿している二分(164)ほどもする柘植《つげ》の櫛でなでつけ、二股になった松葉簪《かんざし》(165)で鬢の毛を巻き込んでやる。しあんはめりやすをひとつ(166)歌い出す。

「〽もつれゆき　千々《ちぢ》に別れた乱れ髪　手にとり　とりどり物思い」

喜之介「茶化すなって(167)」

おちせ「さあ、これでようござりやす。まあせわしないこと」

えん「このうちの戸棚は、丁子屋の丁山の座敷の次の間のとそっくりだね」

喜之介は衣《い》桁屏風《こうびょうぶ》(168)に掛かっている、若松屋の若鶴が配った餅つきの折のてぬぐいを取って袂《たもと》へ入れ、

「さあどうぞ外へ」

えん次郎、しあんも立って勝手口の方へ行く。

おちせ「おや、しあんさん、さっきの羽織の焼け穴がちっとも目立ちませんねえ。もし、頭巾はかぶらないのかえ」

喜之介「ああそうだ、おちせ。もし四蝶《しちょう》さんのところから人が来たら、竜《たつ》の口(169)へでも

行ったと言っておいてくれ。ええと、それもよし、これもよし、と」

とそこらを見回しながら勝手口へ行き、何か忘れたようだが……と少し考えて、

「そうだそうだ。福井町の豊国(170)のところから人が来たら、忘れずにこの間の屋敷からいただいた二分をやるんだよ」

と階段の下についた小引き出しから裏付き草履を出し、

「こいつも傷んでもうすぐ履けねえ。はかないね」

と履いて出る。狆が後ろからついて出そうになった。女中はそれを抱きながら、えん次郎としあんの草履を揃える。

しあん「お、指貫《ゆびぬ》きが落ちてる」


っちがどっちだか。

(163)（37ページ）**石竹あられ**　「石竹」はナデシコ科の植物。中国から来て平安時代には育てられていた。で、「石竹色」といえばピンク。それが大小のあられのようにばらばらっと小紋になっている。いやあ、それを男が着る色っぽさ。ことに遊廓に行く夫に着せるとは、おちせは喜之介をモテさせるつもりだな。

(164)**二分**　半両。今で五万円くらい。とはいえ、収入がそれほど安定しているとは思えない家だから、価値の感覚としてはもっと高いだろう。

(165)**松葉簪**　散った松葉のように二本に分かれた簪。吉原の遊女が使う定番でもあるから、ここでおちせはかつての意地を見せたか……どうか。

(166)**めりやすをひとつ**　『妹背の玉櫛笥《くしげ》』というひと節らしいが、要するに喜之介の思いも女房おちせの思いも色々俺は知ってるぜという含意。

(167)**茶化すなって**　出ました。原文「おきゃあがれ」。

(168)**衣桁屏風**　屏風式の衣類掛け。

(169)**竜の口**　江戸城和田倉門というから、今の東京駅あたり。武家屋敷が多かったので、いかにも堅い用事で出かけていることにしたかったのではないか。

(170)**豊国**　町芸者。吉原の外にも歌舞音曲のプロはおりました。

えん「近眼《ちかめ》のくせにとんだものを見つけるな。おちせさん、じゃあ行ってくるよ」
おちせ「さようならごきげんよう。おっと、おつむが危ねえ」
喜之介「さ、お先に」
ここから柳橋へ出て浅草山谷堀の大桟橋まで、船の中でのおふざけ、吉原楊枝[171]の房じゃないが、あんまり長いんでここでは割愛。

その二

下着の浴衣《ゆかた》以外は上田紬で揃え、袖口が媚茶の紗綾《さや》模様[172]、萌黄色の真田紐を鼻緒にした裏付き草履……と潮来《いたこ》や軽井沢あたりでようやく流行るくらいの、まったくとんだ流行遅れである。西《にし》の窪《くぼ》[173]や我善坊の界隈《かいわい》、あるいは本所の割下水[174]で見かけるようなそんな風体の連中、金のうなる蔵前[175]じゃ嫌われそうな小役人風のダサい奴らが二、三人、横に広がって吉原土手の端を通る。二本差しの一人がくわえたキセルを外してはたきながら、

里　風「あれあれ、見ろよ。田中の方から三人かつぎの早駕籠《はやかご》が来るぜ、こんな時間になんであんなに急がせるんだろう」

花　暁「ほんとに何者だ。わけがわからん」

と言っているうちに、駕籠は土手の端まで来て、また元へ戻る。

友次郎「見ろ見ろ。かついで戻る。ああ、わかった。きっと駕籠かつぎの練習だ」

里「なるほど、そういえば中に変なのが乗ってる」

花「どんなことでも練習が要るわけだ。さてと、それはそれとして、貴公のところに四角い穴のアレ(176)は少々ないかな。高級懐紙の小菊(177)を一帖《いちじょう》(178)買いたくてさ。俺のふところはすこぶるすこぶるわびしい状況でありまして」

友「遊廓に行く客がそんな下卑たものを持つもんか。金《きん》ならいっくらでもあるが、紙というなら傾城の使い古しのカスをかすめなさいよ」

(171) **吉原楊枝**　長い房がついている歯磨き用の楊枝。

(172) **紗綾模様**　卍をつないだ文様。中国から昔入ってきた織物自体と解釈することが多いようだが、ここはデザインと見た。

(173) **西の窪**　今の港区麻布あたり。我善坊も同じ。江戸時代にはのんびりした田舎であった。

(174) **割下水**　湿地帯を掘って水抜きをする下水道。

(175) **蔵前**　原文「蔵宿」。浅草蔵前にあった札差し。年貢米の受け取りや売買の仲介者として、権威と財を誇った民間の金融機関。

(176) **四角い穴のアレ**　原文では「孔方《こうほう》」。四角い穴、転じて一文銭。一万円札を「諭吉」なんて言ってた感じのオジサンっぽさは今も共通。

(177) **小菊**　美濃紙。茶席などで今も使う。

(178) **一帖**　帖は和紙の単位。美濃紙だと四十八枚と決まっている。

花「そうはいうけど、紙なしだとどうも胸のあたりが寂しい」
里「おい、カミと言うなら、ここの髪結床がいいぜ。あっちはヘタ」
友「お、この高札台[179]はうまく出来てるな。八十両かかったらしい。どういうもんだろうね」
花「どういうもんって、広徳寺《こうとくじ》の門[180]。なんちゃって」
などと軽口を飛ばしながら歩いて来る。後ろから、わる井しあん、北里喜之介、真ん中にはさまれてえん次郎が喜多流の田楽扇[181]で夕日を避け、見映えを気にしながら悠々と登場。

ダサい連中の方は後ろを振り返り振り返りして衣紋坂を下り、中指と薬指で額をくるりとなでてみたりして、鼻をチーンとかみ、上着の襟元をひとつ引っ張って消え去った。

遊女の身[182]の流れは絶えずして、しかも元の客にあらず。遊里《ゆうり》に浮かれる浮気者は、かつ切れかつなじみになり、久しく来る事なかったりするけれども、初めての客を取る日から通って年季の明けるまで来る客も少なからずだ。これをまことかと尋ねられても、何がどうだかわからないが、ただ人の心を魅了する評判の大物遊女がずらりとお並びになって、よい仲になる仲之町の夕景色、左に菓子屋の竹村、右側には七軒の茶屋。派手な遊びをする前の駿河屋《するがや》の前、(183)この時真面目《まじめ》になるらん……などと言葉遊びをするうち、門口に到着。

しあん「この間はお世話さま」

えん「和尚、向こうの兵庫屋にいるのが、丁子屋で客を取るようになった遊女だ。まったく瀬川並みの風格だよ」

喜之介「まず薫って名前がいいっすよね」

と言いながら三人、茶屋へ上がる。下女は手をふきながら出てきて、

「これはお揃いでようこそ。えんさんがいらっしゃいましたよ」

女房お藤、勝手から出てくる。太糸で織った御納戸茶の紬、黒ななこの帯、髪は京風(184)でぐるっと無造作にあげてまとめている。

(179) **高札台**　お触れなどを板に書いて立てて知らせたものが高札。時代劇でよく人が集まってるあれ。その台の部分がよく出来ていると何やら誉めている。
(180) **広徳寺の門**　下谷の禅寺。よく「恐れ入谷の鬼子母神」と言うが、それと実は対になっていて「びっくり下谷の広徳寺」と続けた。一人で全部言うより、相手とのコール&レスポンスになるのが理想だろう。
(181) **田楽扇**　能につながる芸能、田楽で使われた扇。能楽師の使う「中啓」というものだろうか。普通の扇子より大きくて、たたむと先が広がっている。柄《がら》はどうだったのだろう。金箔に若松。あるいは梅の木。もしくは波模様。色々想像がわく。
(182) **遊女の身**　原文は「川竹」。川辺に浮かぶ竹の葉↓憂き川竹↓よるべない遊女、を指す決まり言葉。今でも小唄の歌詞などに出てくる。さらにこれ以降数行は鴨長明『方丈記』の冒頭が本歌取りされる。途中からあんまり関係なくなっていくいい加減さをひっくるめて楽しんでいただきたい。
(183) **駿河屋の前**　ここで謡曲『羽衣』の「東《あずま》遊びの駿河舞、この時や始めなるらん」の言い換えが入る。

女　房「よくおいで下さいました」
えん「主人はどこへ？」
女　房「ただ今、お座敷へ参りました。江戸町からお使いの人がたくさんいらして。ずいぶんお久しぶりでございますね」
えん「久しぶりとはずいぶんな言いようだな」
しあん「吉原じゃ四、五日来ないと久しぶりになるらしいね」
女　房「ねえ、えんさん、京町の方に何かいい場所がお出来になったそうで。あんまり浮気をなさらないで下さいな。それでお久しぶりと申しました」
　と女房は三人の腰の刀を受け取って中腰になり、
「ね、喜のさん」
えん「いやいや、それにもわけがあってさ。どうせ最後はろくな事にならないとわかってるから、こっちへは言わずにおいたんだよ」
女　房「それはけっこうですけど、これ、江戸町の方へでも知れましたら[185]」
　と少し真面目になって言う。
喜之介「だからそのへんも済んだことだってよ。もうこれっきりの話さ」
女　房「そういうことならいいんですけどね」

と立って、神棚の横の刀掛けに脇差を置き、燭台《しょくだい》を灯《とも》し、手あぶり用の小さな火鉢を片方へ寄せて、盃台《さかずきだい》を真ん中に出す。
えん「いの字伊勢屋の二階でこっちに背を向けてる女は誰だ」
女房「扇屋の扇野さんです」
喜之介「慣れた風情だ」
しあん「蔦屋《つたや》の三州《さんしゅう》といい、鶴屋の在原《ありわら》といい、この春から客を取るようになった遊女はどれも当たりだね。丁子屋の名山《めいざん》をこないだ向島で見かけたけど、七越と似た雰囲気がありますよ」
えん「丁子屋って言えば、御射山《みさ》もえらくきれいになったな」
女房「松葉屋からお披露目になる花魁を早く見たいものですねえ」
そうこう言ううち、吸い物、硯蓋《すずりぶた》に載せた肴(186)、丼など色々出てくる。
女房「ちょっと召し上がっていって下さいな」

(184)（43ページ）**京風**　原文「京ぐる」。京ぐる髷、の略。こういうファッション用語のあり方も、それが無造作にあげた年増の髪型なのも、今とたいして変わってないなあと感慨しきり。
(185)**江戸町の方へでも知れましたら**　通う松田屋おす川（松葉屋瀬川）に知れたら、とえん次郎をモテ男気分にさせてくる。そもそも客はひとりの遊女といい仲になるのが廓の遊びなので、他になじみを作るのはまずいと言うのである。廓の恋は、そこが虚構世界ではあれ、まるで現実世界のように契りを交わしあう。江戸の遊廓、吉原はいわばリアルなバーチャル空間だったと言える。
(186)**肴**　会席料理で最初に出てくる口取り肴を、硯蓋を模したものに載せて出す。

しあん「じゃ、始めてくれ」
女　房「それなら」
と酒席になる。最後にえん次郎へまた盃が回ってきたところで女房へ御祝儀として一杯。それでひと通りは終わり、その間に松田屋で遊女を座敷にあげる予約が済んだ。
え　ん「手まり歌じゃないが、向こう通るはタイコモチの荻江《おぎえ》藤兵衛《とうべえ》じゃないか」
しあん「よっ、藤兵衛藤兵衛三人通る[187]」
喜之介「くだらねえ[188]」
え　ん「おいおい、藤兵衛藤兵衛」
しあん「小銭がねえ、通れえ藤兵衛[189]」
喜之介「トーベーます、トーベーはままの紅葉かな[190]ってな」
え　ん「こら、お前も言うのか」
藤兵衛はいの字伊勢屋の前あたりで聞きつけて、走ってきた。
「これはどなたかと思いましたら。ごきげんよろしゅうございますか」
え　ん「どっか行くのか？」
藤　　「丁子屋の雛鶴さんのお座敷へ」
え　ん「座敷じゃなかったら話でもと思ったんだけどな」

藤「それは残念です。他にも男芸者は松蔵、藤二、三味子《しゃみこ》、我物《がぶつ》が行ってますから抜けにくいんで。今晩はやはり江戸町一丁目の例の店でございますか。もし、喜のさま、虎拳(191)で勝負などいかがです？」

喜之介「また負かそうと思って。急ぐなら行ってきな」

藤「では、ごめんくださいい」

と何やら忙《せわ》しげにまた走って二丁目の丁子屋の方へ入る。

と、そこから竹屋の歌衣《うたぎぬ》が出てきた。後ろからは歌菊。

えん「和尚、向こうから来るのは誰だと思う」

しあん「竹屋の歌衣」

(187) **藤兵衛藤兵衛三人通る**　元は「向こう通るは長兵衛じゃないか　長兵衛長兵衛が三人通る」という手まり歌。なんの意味もない洒落。

(188) **くだらねえ**　原文「おきゃあがれ」。出ました、三回目。

(189) **通れえ藤兵衛**　原文は「でたがねえ。藤兵衛藤兵衛」。この「出たがねえ、通れ通れ」は、買い物で出るような小銭がないと物乞いを断る決まり言葉。それを藤兵衛と掛けるのはかなり苦しいが、同じ発音に寄せて口にしてみるとくだらなくておかしい。

(190) **トーベーます、トーベーはままの紅葉かな**　もうどうしようもない駄洒落。これは意味が掛かる本洒落からだいぶ脱線している。元は「通ります通らば真間の紅葉かな」という、江戸歌舞伎の大立者、二世団十郎の句。紅葉見物のために中川の船番所を通った時にひねった。番所では船から「通ります」と言い、許可されると「通れ」と言われた。

通ります→トーベーますって……。だが、やはり口の中で発音を思いっきり寄せると、猛烈なくだらなさが押し寄せてくる。

(191) **虎拳**　お座敷遊びに今も残る仕草付きのじゃんけん。虎と、虎退治のヒーロー和藤内《わとうない》と、和藤内さえ逆らえない母親の真似がつまりグーチョキパーである。負ければ罰杯、飲まされることになるはずだ。

喜之介「すげえ！　近眼《きんがん》とは思えねえ」
しあん「顔も提灯の紋所もわからねえが、耳の脇に黒い糸[192]をさげた禿[193]を連れてるのは、歌衣と大文字屋のはた巻だけさ」
え　ん「うまいところで見分けるな」
女　房「お二人とも、竹屋さんの稼ぎ頭でございますよ」
しあん「歌菊の言葉遊び[194]の会だと点はどのくらいだ」
女　房「さ、もうひとつ召し上がりませんか。えんさん、お茶漬けはどうです」
え　ん「もう満腹満腹さ」

しあん、銚子《ちょうし》をいじってみて、

「これ、もちっと熱くしてもらえる？」


そこへ鰯《いわし》と鱚《きす》を焙烙《ほうろく》で蒸し焼きにしたものと、次の吸い物が出てくる。喜之介はふたを取ってみて、

「いやあ、鴨《かも》の船場煮[195]に葉付きの大根とはありがてえな」

しあん「うまく料理するもんだ」


と言っているところに、遊女滝川につく禿が来る。

めなみ[196]「ねえ、お藤さんに花魁滝川さんから伝言でおっせえす[197]。あの今朝の文《ふみ》を届け

ておくんなんしたか、と」

暖簾《のれん》を引っ張りながら、禿がそう言うと、

女　房「あらまあ、じゃあこう伝えておくれ。今朝、三保蔵(198)に持たせて届けさせましたが、お留守だということでお返事は参りませんって」

女房は勝手の方を向き、

「三保蔵、お返事は来なかったねえ」

すると勝手から返事。

「来てません来てません」

めなみ「それなら、あのう、そう申しいしょう」

女　房「ちょっと遊んでいかないかい」

(192) **耳の脇に黒い糸**　人形浄瑠璃などでも男が数珠を耳から下げている場合がある。何かを神仏に誓って守る場合だが。このケースだと長いイヤリングみたいなものと思えばよいか。

(193) **禿**　髪型ではおかっぱ。ボブ。日本のボブ文化もたどれば古い。

(194) **言葉遊び**　原文は「地口」。日本文芸のパワーの源であった。

(195) **船場煮**　野菜と魚、肉を煮た具沢山な汁。

(196) **めなみ**　もう一人はおなみ。女波、男波。弱い波、強い波を名前とする。ちなみに春日流の小唄『まん月や』にも「磯浜近くうち寄する　女浪男浪の音ならで」という詞が入っており、今でもよくうたわれる。私も師匠に指名されて二回ほど三越劇場でうたった。名取り・春日豊菊せい、というのが私のそっちの世界での名前です。

(197) **おっせえす**　いわゆる廓言葉がこのへんから炸裂してくる。そこでしか通用しない語尾など、今でも京都の舞妓《まいこ》言葉を思い浮かべれば実感がわくだろう。

(198) **三保蔵**　駿河屋の従業員。

めなみ「叱られんすよ」
えん「おい、あの子や」
　と、えん次郎は禿を呼ぶ時の言葉を使った。
女房「めなみ、あちら様が何かおっしゃるよ」
めなみ「なんでおざりいすえ」
えん「花魁と十市《とおち》さんによろしく言ってくれよ」
めなみ「あい、そう申しいしょう」
　と禿は出てゆく。
女房「ほんとに利口な子でございます。三保蔵や、その贈り物は玉屋のたが袖さんのお座敷へ持って行くんだよ。それから、みつさんは七つ(199)にお帰りになるそうだから、駕籠屋が来たら朝に三挺《ちょう》、頼んでおくれ」
　そうこうするうち、えん次郎お気に入りの松田屋の花魁、おす川が茶屋へ迎えに来る。その風情ときたらこうだ。
　眉ハ翡翠《かわせみ》ノ羽ニ似テ(200)、肌ハ白雪ノゴトク、腰ハ練リ上ゲタ白絹、歯ハ貝ノヨウ。ニッコリト微笑《ほほえ》メバ、貴公子タチヲモ惑ワス(201)。
　着ているものはといえば、浅草田町のかたばみ屋久兵衛が縫った唐糸(202)の総刺繍《ししゅう》に伊《だ》達《て》紋(203)という打ちかけ、縁取りは白繻子《じゅす》。髪は飾りのきれを髷に掛けた流行りの形(204)、さらに小間物屋かと思うほど櫛笄で飾りたてている。一人の禿の髪は額のところまで張り出した文金(205)、一人は髷を高く結った奴《やっこ》島田(206)と髪結長二が美しく手際を見せ、あとに振袖新造の川波、世話新造の玉夕が付き添っている。

　玉夕が花魁の衣紋を直し、打ち掛けの下がったのを直すと、おす川は縁先に腰を掛けてにっこり笑い、

「お藤さん、どうなんしたえ」

　と言うと、
女　房「さあ花魁、お上がりなさいませ」

お　す「ここでようすよ」

(199) **七つ**　午前四時頃。
(200) **眉ハ翡翠ノ羽ニ似テ**　中国の南北朝時代の詩集『文選』からざっくり引用。
(201) **浅草田町**　今の日本堤あたり。浅草観音裏、吉原近く。
(202) **唐糸**　大陸から輸入した糸。贅沢品。対して国産は和糸。
(203) **伊達紋**　伊達家の紋ではない。伊達眼鏡の伊達。本物ではない紋。古歌にちなんだ図案、文字を組み替えてデザイン化したものなど、紋所という形式の中でセンスを競った。
(204) **髪は飾りのきれを髷に掛けた流行りの形**　原文「手がらわげ」。
(205) **文金**　元は島田髷で、それを時代ごとにアレンジした。文金は特に額の上にボリュームを持ってくる。
(206) **奴島田**　今でも京都の舞妓は正月にこの髪型になる。髷も、髷の後ろ側も盛る形。文金もそうだが、若衆歌舞伎での男の髪型から影響を受けて遊女が流行させる、というサイクルがある。芸能とファッションが結びついていたわけなので。

玉　夕「えんさん、よくお出でなんしたね」
喜之介「いつもうるわしいお顔で」
しあん「なんていうかもう無性に綺麗《きれい》！」
玉　夕「からかっておくんなんすな。拝みんすにえー」
　などと言いあううち、松田屋の清二は提灯を消し、おたのみ申しますと出て行く。
玉夕は金糸を織込んだ茶色の絽《ろ》[207]で作った長い布からキセルを出し、煙草に火を吸いつけて花魁に渡す。さらに用意して玉夕はえん次郎たちみんなに渡す。おす川、禿の耳に口をつけ、ことづけをする。
おす川「いの字伊勢屋に杜稜[208]さんがいらっしゃるから、よくお出でなんしたと伝えてきや」
　禿はそちらへ行く。揚げ縁[209]の下から犬がのびをしながら出てきた。
川　波「おやあ、わっちはびっくりしいしたよ」
女　房「このお盃は私がお預かりしましょう。お雪、すぐにお連れして」
えん「五町と万里《まんり》[210]と、おしづと八百吉[211]を呼んでくれるかな」
女　房「かしこまりました」
　下女、提灯を灯して先へ行く。花魁も立ち、みなあとについて出る。

女　房「ではまた、花魁」
おす川・玉夕「おやかましうござりいした」
女　房「どなたもごきげんよう」
　と送られて一同一丁目の方へ曲がった。先を行く喜之介はちょっと松田屋の店先に寄り、
「井川さん、夏里さん、どうしました？　何か真剣に書いてるが」
井川・夏里「大分《でえぶ》しょっちゅう通ってきなさるね」
喜之介「今夜はえんさんのお付き合いっす」
　と言うところへ、地回り(212)二、三人、店先に来て、
「なんだ、赤いべべ、青いべべ、白いべべなんか着やがって、ここの店はあれだ、外科の薬箱(213)じゃねえか」
　と悪口を吐いて行き過ぎる。

(207) **絽**　透き通った絹織物。オーガンジー的な見た目だが、もっとパリッとしている。
(208) **杜稜**　また出た、パーティピープル。
(209) **揚げ縁**　商店の先などへ吊り下げた縁。夜には吊り上げて閉じる。
(210) **五町と万里**　タイコモチ。
(211) **おしづと八百吉**　芸者たちは楽器、歌、踊り、話芸で宴席を盛り上げる。二人一組で呼ぶ決まりだった。
(212) **地回り**　近所から来たひやかし。
(213) **外科の薬箱**　薬の色が様々ゆえ。

夏　里「えー、憎たらしいぞよー」

喜之介「じゃ、またのちほど」

　と松田屋の中に入ると、あとの者は暖簾のそばまで来る。中では鳴り物がどんどんとにぎやかで、客のお供が控える部屋の前には花魁の提灯が並べてあり、道中を行く時に差しかける長柄傘は壁に覆いを掛けて置かれ、雑事を引き受ける若い衆[214]は焚《た》き火《び》にあたり、土間の大釜の上の十二個の灯明が照らすのは菰《こも》をかぶった剣菱《けんびし》、山十の醤油樽《だる》、五斗[215]入りの米俵の山。

　茶屋の女が、

「源兵衛どん源兵衛どん」

と言いながら全員の履物を揃え、はしごを上がると、祝儀を出した客の名が書かれた札[216]の下の帳場に番頭伊平治が出てきて、

「源兵衛源兵衛、お客様だよ」

　一行もはしごを上がる。店と勝手の間[217]から、「えんさん、ようおいでなんした」と女郎四、五人が口々に言う。

源兵衛「すぐに座敷へお入りいただきましょう」

　と先へ立って行った。誰かの禿が、大きな封書[218]を二つ持って拍子木のように打ちな

がら、

禿「たのもどーん、いますかー。あちらの座敷でさっきからお呼びですよー」

別の禿、話しかけてきて、

「こんた(219)はどこ行くの」

禿「長崎屋よ」

禿「お膳、下げまーす」

などと言う間におす川はどこかへいなくなっており、番新の玉夕、振新の川波も付き添って座敷に消えている。

禿は花魁と新造と自分の駒下駄を持ち、瀬川(220)が松葉屋の中でだけ使っている梅鉢の紋所が書かれた天水桶《てんすいおけ》(221)の上へそれを置いた。

(214) **雑事を引き受ける若い衆**　原文「廻しかた」。

(215) **五斗**　十合で一升、十升で一斗の米。江戸時代には一人が一日で平均三合食べていたというから、五斗はざっと五ヶ月分。

(216) **札**　原文「そう花」。紙花とも呼ぶ。あとで金銭になる手形。いわばいきなり現金も野暮なので、バーチャルに紙を使った。いわば吉原独特の地域通貨。

(217) **店と勝手の間**　原文「跡じり」。

(218) **封書**　原文「大ふうじの文」。預り物をつい打っちゃったのか、儀礼なのか。

(219) **こんた**　あんた。

(220) **瀬川**　おす川、おす川と言っているが、紋所が梅鉢だとちらつかせて、これがドキュメンタリーだとわからせているのである。もう瀬川でいいじゃないかと言ってしまえば遊び感覚がなくなる。お固い幕府の目も光る。

(221) **天水桶**　雨水を溜めて町の各所に置いた大きな桶のことだが、これは室内用か。

そもそもおす川の座敷の趣向といえば、客から贈られた夜具を錦の山のごとく中の間に飾り、立てかけられた琴ははるか遠くに見える滝のようである。茶室風の次の間には常に釜が掛けてあり、そこから聞こえる湯の音は風が松を揺らすかと驚くばかり幽玄。衣桁に掛けた小袖は楓《かえで》が紅葉したかに見える。本間の天井には四季の草花がそれぞれ見せ場を誇り、布や紙を貼りつけた壁には朱色の簾《すだれ》が描かれて、まるでやんごとなき方の住まいである。限りなく細く彫った模様に金粉を塗り込んだ(222)机の上に、王《おう》羲之《ぎし》(223)の書の手本帖《ちょう》、源氏物語湖月抄《こげつしょう》(224)や万葉集を並べ、薫香はあたりいっぱいにたちこめて、お大尽たちが出す祝儀のしるしもここで尽きてなくなるほどだ。竹取物語に言う竜の首の玉、燕《つばめ》の巣から取れる子安貝も持ち込まれているに違いないと思うばかり。座敷の真ん中に銀の燭台、朱に金蒔絵《きんまきえ》の入った煙草盆、盃を置く台も三方《さんぼう》(225)、蝶足《ちょうあし》をした極上のお膳がきちんと置かれている。

しあん「論語じゃないが、家名は松田屋で松をもってし、紋所は三ツ柏《かしわ》をもってし、床の間の柱は栗《くり》をもってなす(226)ってわけだ」

喜之介「お、むずかしいことを言い出したね。ところで、この唐紙は誰の書?」

玉　夕「弁州《べんしゅう》さんがお書きなんしたよ」

え　ん「さ、もう泊まりは決まったんだから、みんな飲みまくってくれ」

と言うと若い衆が盃、銚子を持ってくるわ、ロウソクの芯を切って火を強めるわと型通りに事が進む。係の仲居が吸い物を運び、茶屋の女は提灯を消し、上草履と一緒に廊下へ置く。

喜之介につく振袖新造の夏浜、

「政さん、よしなんし。言いつけて、はしごに出入り禁止の札を貼らせんすにえー」

と息を切らせて駆けてくる。

しあん「休日の風呂屋みたいに水が抜けて喉がカラカラになるぞ」

喜之介「そんなに騒ぐとまた遣り手ばばあが三味線の一の糸かと思うようなだみ声で小言を言うぜ」

夏　浜「だって、からかうんだもの。えんさん、よくお出でなんしたね。お雪どん、どうしたの」

と茶屋の女の肩にじゃれつく。あとからしあんにつく振袖の夏いろが来る。

(222) **限りなく細く彫った模様に金粉を塗り込んだ**　原文「沈金彫」。

(223) **王羲之**　四世紀、中国で書を最初に芸術にしたこの人を超えるべく、奈良時代以降に日本の書は高まった。

(224) **源氏物語湖月抄**　北村季吟著。季吟の墓は今も池之端正慶寺に守られている。

(225) **三方**　鏡餅、切腹の際の小刀など、大切なものを置く。

(226) **もってなす**　論語「夏后氏ハ松ヲ以テシ、殷人ハ柏ヲ以テシ、周人ハ栗を以テス」をもじったらしい。こうした文は寺子屋で習う（ただし寺子屋は上方の呼称。江戸では、「指南所」と言った）基礎教養の延長であった。

えん「この子たち二人はやけにきれいになったな」
玉夕「あいさ、ずいぶんと色気づきんしたよ。行事の日の行列のしんがりは、あなたがた二人だね」
えん「早く一人前になった水あげの日を見たいもんだ。その時は知らない顔をするんだろうけど。とはいっても、夏いろさんの最初の客はおおかた和尚だろうぜ」
しあん「もちろん。その時の着物の案がありますけど上着は鯉じゃなく鮪《まぐろ》の滝のぼり、下着は牡丹より牡丹餅《ぼたもち》の模様」
夏いろ「よしておくんなんし。ばからしい」
玉夕「お雪どん、ひとつ飲まっせえな」
夏浜「どれ、おれ[227]がついでやろうよ」
茶女「いえいえ、お銚子をこちらにおくんなさいまし」
夏いろ「ひとつ飲まっせえ」
喜之介「花魁はどこだろう？　さっきまでいらっしゃったがもうどこかへ見えなくなった。声だけ聞こえるホトトギスかよ」
えん「松田屋の花魁も、安いロウソクみたいに、時々立ち消えするんで困る」
玉夕「あのお人[228]は、今、一生を預けるような旦那様のところへ挨拶をしに下座敷へお出でなんしたよ。琴のや、お呼び申してきや。川波さん、煙草を出しておくんなんし」

川　波「この引き出しかえ。おっせんよ(229)」

玉　夕「ああ、じれってえ。そこにあるから、お見なんし」

しあん「今のセリフ。ききょう、かるかや、おみなえしって聞こえたよ。大分《でえぶ》洒落がご上達だね」

玉　夕「そんな風に言ったってそれでもじれっとうおすあな」

と言うところへ、駿河屋の者、贈り物を運んで来る。朱塗りに模様を刻み、金粉を塗りこめた丸盆。薄い朱の角平椀《かくひらわん》(230)には卵料理、八卦《はっけ》の模様(231)の陶器には葉漬け(232)に生醤油《きじょうゆ》をたらしたもの。これで茶漬けでも、と言わんばかり。遊女たちのご機嫌をとるのは茶屋の腕だ。

茶屋男「えんさんに、主人の七右エ門から言《こと》づかりました。今晩はよくお出でなさい

(227) **おれ**　自分をおれと言うのは遊廓の言葉でもあった。

(228) **あのお人**　原文「わっちらん」。先輩遊女を指す松田屋（松葉屋）専用の言葉。

(229) **おっせんよ**　「ない」というのがここまで変化する。だが、ギャル語など考えればまだ類推可能ではないだろうか。

(230) **角平椀**　四角くて平たい椀。

(231) **八卦の模様**　原文「算木手」。

(232) **葉漬け**　原文は「はつけ」と平仮名で、直前の算木手の「八卦」と音がかかっているようにも思えるが、これは戯作を読みすぎた私の戯作脳ゆえか。

ました、ただ今すぐに玉屋のお客様を遊女屋へお連れしてからこちらに参ります。どうぞごめん下さいましとのこと。そして、玉屋の小紫さんがあなた様へよろしくとおっしゃっておりました」

　男がもじもじしながら言って帰るところへ、表座敷にいた花魁、髪を頭の上に盛り上げて左右に割った忍鬢《しのぶわげ》で、笹《ささ》りんどうの紋様の縁《へり》を掛けた無垢《むく》を打ちかけにして来る。

とめ山「えんさん、よくお出でなんしたね」

え　ん「いやあ、とめ山さん。話があるからちょっとここへ来ない？」

とめ山「ええ、向こうへ顔を出してからまた参りましょう」

　と肩のあたりでちょっと色気のある仕草をして二階の奥へ行く。入れ違いにおす川、上等な鼻紙で胸をあおぎながら来た。

おす川「もうなんだかわけのわからない事をあっちで聞かされて」

喜之介・しあん「花魁、これはまたずいぶん久しぶりで[233]」

玉　夕「例の人[234]は参りしたかえ」

おす川「来いした来いした」

玉　夕「ほら、来いしたじゃおっせんか」

おす川「あいさ」
しあん「あんたたちは、じゃあねえかだの蚊はねえかだの、大音寺《だいおんじ》前のドブ(235)じゃあるまいし」
　みな笑う。
おす川「もしえ、下でめりやすの本をもらって参りました。長崎屋で文京さんがお披露目なんしたのでおす。とっても艶《あだ》っぽくてようすよ」
玉　夕「おや、お見せなんし。『素貌』とやらいうめりやすかえ。早く覚えとうすねえ(236)」
おす川「まあ、あとでお見なんし」
　などと言ううち、黄漆《きうるし》の椀、漆を塗って虫が食ったようなあとを模様にした青緑色の椀(237)での会席が二の膳まで出る。松田屋だから食べ物は美味。あとの献立は略すが、猪口《ちょこ》皿(238)料理は松田屋の名物で蓮根《れんこん》の乱切り。箸は箱根から取り寄せた萩《はぎ》の先を削った

(233) **久しぶりで**　皮肉。
(234) **例の人**　原文「これこれさん」。松葉屋語独特のいわば業界用語。
(235) **大音寺前のドブ**　よく蚊がわいた。
(236) **早く覚えとうすねえ**　またも自らの作の中で自らの楽曲を宣伝する京伝。今ならメディアミックス、というところだ。最新ワードならステマ（ステルスマーケティング）気味。いやそんなにあくどくはないか。ステマは消費者にわからないうちに何かをネット上などで誉めさせる手法だから。京伝の方はあからさまな楽屋オチで、しかも宣伝。
(237) **青緑色の椀**　原文「青漆虫食《せいしつむしくい》」。
(238) **猪口皿**　お猪口のように小さいが深い瀬戸物の皿。

ものである。これも松田屋の流儀だ。

一同、腹は満ちているので、茶瓶と一緒に並べられたままで膳はまるで捨て小舟のように置き去られる。そこへ芸者の八百吉、おしづ、タイコモチの五町、万里、駿河屋亭主の七右エ門が来て大騒ぎとなったのだが、そこで出たうまい言葉の応酬はあまりの騒々しさに聞き取れず、これも略す。

そうこうするうち、九つの引けを示す拍子木(239)が打たれ、えん次郎は床につき、喜之介、しあんもそれぞれの座敷へ。芸者、タイコモチ、みな帰る。

おす川が次の間を閉め切ると、新造たちは蝶足の膳を取り巻いて、意地汚く料理をたいらげ始めた。硯蓋の上のクワイの丸煮は古方家《こほうか》(240)の医者の頭みたいにちょんと先が立ち、猪茸《ししたけ》(241)のうま煮は書の練習用の草紙を引き裂いたのに似ている。持ち手が瓔珞《ようらく》(242)の形になった蓋付き茶碗の中には、古茄子の漬け物に生醤油をかけたものが入っている。

川　波「しあんさんはどうなんした」

夏いろ「したたか酔って寝ちゃいました。まったくいやな近眼《ちかめ》坊主でおすよ。好かねえぞよー」

川　波「あらー、ばからしい。もう何も食べるものが、おっせんよー」

夏いろ「隣へ梅漬を取りにやればようしたね。これこれ、そこに通るのは誰？　この土瓶へ茶をひとつ持ってきてくりゃ。いい子だぞよー」

と言いながら、箸のかわりにした松葉の簪を行灯《あんどん》に突き刺して拭く。おす川の禿は両端に飾りのついた簪を抜き、紙など入れておく箱(243)の蓋の中に片づけて違い棚へ置き、寝巻きを帯にはさむと、花魁の櫛と笄をしまい、火を持ってきてそこらを片づける。

玉　夕「もう行って寝や。また長火鉢にあたってだらだら起きてちゃだめよ」

長火鉢というのはその家のすべての禿があたる火鉢で、一階にある。

禿ことの「それじゃお休みなんし」

と上等な楊枝をくわえた島浦が来て、

「玉夕さん玉夕さん、ちょっとお顔をお出しなんし」

玉　夕「なんでおすえ」

島　浦「あのねあのね、あたしのあの人(244)がさっき店へ参りしてね。あさって来るからって申しいしたよ。あなたによろしくと申して、さんざんおしゃべりをして行きまし

(239) **九つの引けを示す拍子木**　午前零時に遊廓が終わる合図。
(240) **古方家**　当時だから漢方だが、より古式を尊ぶ一派。時代劇で頭の上を結わえて立てている医者がいるが、あれがそう。
(241) **猪茸**　精進料理に使われるコウタケという種類。
(242) **瓔珞**　仏像の上の天蓋から垂れる金具、あるいは胸飾りなど、華やかなアクセサリーのこと。
(243) **紙など入れておく箱**　原文「料紙箱」。
(244) **あの人**　原文「これこれ」。一連の遠回しな言い方。「アレ」とかいうのと同じ。

た。あなたにも、例の人に恨みつらみがある事だよってと伝えておきましたから、喜んでおくんなんし」

玉　夕「わっちといえばまったく結局、いい人が来なんすのを待ちかねているものを。こないだ送った文《ふみ》をあなたの文《ぶん》さんは届けてくれたとおっせえしたかえ。そうでないならあんまりじゃないか。不人情だよ」

島　浦「腹をお立てなんすな。文さんが連れて来いすとさ。あさっては店に出ずに待っていろって」

玉　夕「あなた、ひどくうれしがりまくってるのね」

島　浦「だってうれしいんだもん」

玉　夕「それはそうと、川波さん。さっき呉服屋の山崎の人に、着物の注文見本(245)を渡しておくんなんしたか」

川　波「持って参りしたよ」

玉　夕「今日は二十六日ね。うれしうおす。明日は髪を洗う日でおすよ」

と言うところへ、新造のいっちょうが癪《しゃく》(246)を抑えながら来る。

「玉夕さん、お願いですから何か薬をおくんなんし。とにかくもう痛くてたまらなくって」

と顔をしかめて言う。

島　浦「おす川さんのところに奇《き》応丸《おうがん》(247)がありますから、まあお座敷でもらいなんし」

玉　夕「そっちのお客さまはお帰りなんしたじゃあねえかえ」

いっちょう「松さんは帰りしたが、店の太兵衛どんが次のお客へつけてやるから出ろと言って、夏花さんと民《たみ》の戸《と》さんと三人でお座敷でおすよ」

玉　夕「ふむ、新しいお客か」

いっちょう「あいさ。座頭(248)で酒をよくのむ人ですよ。察しておくんなんし。ほんとにもう、わっちといえばなぜこんな病気になりいしたろうねえ」

島　浦「お医者の栄順さんに見ておもらいなんしたかえ」

いっちょう「やっぱり癪だとおっせえしたよ。それでもあんまり客を取らずにいると、位を下げて腰元(249)にして働かせるとおっせえすから、今日も無理に店へ出えした」

玉　夕「島浦さん、おす川さんの次の間にこっそり寝ていく?」

(245) **注文見本**　原文「ひな形」。いわゆる物事の雛形という言い方のもと。

(246) **癪**　具体的には胸や腹の痛み。下腹部の方になってくると、疝気《せんき》と診断された。

(247) **奇応丸**　熊胆《くまのい》。漢方薬。

(248) **座頭**　江戸時代、盲人は音楽、鍼灸、マッサージなどいくつかの職業を与えられ、幕府から保護されていた。座頭はその際の呼び名。

(249) **腰元**　遊廓の裏方。

島浦「やめておきいす」

などと話すうちに時は移りゆき、八つも過ぎて倉の周りを警備する者の拍子木がカッチカッチと打たれれば、みんなどこかへ消えてしまい、小便所の横には極上の膳、盃台、客からの贈り物の包み紙が山のごとく積まれ、店からのお返しとして贈る蓬萊《ほうらい》山《さん》を模した島台(250)の上の亀はつんと後ろを向き、江戸町二丁目相生屋御膳麵類所と書かれた蕎麦のセイロが櫺子《れんじ》格子(251)のそばに寂しく置いてあったり、大小の鼓を一人で打つ二挺鼓、碁盤の上で動かす操り人形といったものの騒がしさだったりもいつの間にか静まり返り、奥座敷から琴の音が冴《さ》え渡る。

　夏人《なつんど》がつま弾くのは『菊慈童《きくじどう》』。今までふざけ浮かれていた座敷もすっかりだんまり、鉛の天神(252)。

　いびきの音は蛙《かえる》の鳴き声にまぎれ、火の用心と言って回る者が道々突いて歩く金棒の音、按摩《あんま》の声も静まり、草木も傾城も眠って、起きているのは化け物とホトトギスと猫くらい。夜はしんしんと更けてゆく。

　今こそと新造が合図をすると、遊女の後ろ姿、北里喜之介の屛風のかげへ入る。それが誰であるかは作者の胸にしばし預かりますので、読者はどうぞご推察を。

　廊下の向こうの座敷では死を誓った仲の二人の様子、立て回しの屛風に描かれた太公望もよだれをたらして見るようないちゃつき、ぽつぽつと睦言《むつごと》が聞こえる。

女　郎「それ、気をつけなんし。布団の外へ落ちなんすな。まあこっちをお向きなんし。お向きなんしってば」

客「お前が謝るんなら、仕方ないから向いてやろう。向かせられるは恩ならず、向いてやるのを恩にして、だ(253)」

女　郎「そういう憎たらしい男心もうれしく思うような野暮な女になりいした。さ、謝りいすからお向きなんし。さみしうおさあな。あなたに聞き申しいす事がおすにえ。ゆうべはどこへお出でなんした。京町かえ」

客「ふふ、おつな事を言うね。京町の猫が恋をして揚屋町へ通う(254)という噂は聞いたが、おれが京町へ行ったなんて話は知らないぜ」

(250) **蓬莱山を模した島台**　原文「水だい」。この台について深入りすると大変なことになるが、ちょっと。ほんのちょっと。かつて祝儀事があると、台の上に仙人の住む山のミニチュアを松竹梅、翁、嫗などで作って祝福した。いわば神の依り代としての箱庭。めでたしめでたし。

(251) **櫺子格子**　竹などを細く割って、一定の間隔で窓などに取りつけたもの。

(252) **鉛の天神**　原文「だまりの天神」。「鉛」で出来た天神様のおもちゃと「だまり」を掛けてある。

(253) **向かせられるは恩ならず、向いてやるのを恩にして、だ**　お灸に関する河東節「すゑてやるのは恩ならず、すゑさするのを恩にして」という意地っ張りな一節を客はもじってすねている。女は続きの「男心の憎いのも、うれしきほどの野暮となり」を、憎たらしいけどカワイイ!的な意味で返す。まあ客商売ですし。

(254) **揚屋町へ通う**　宝井《たからい》其《き》角《かく》「京町の猫通ひけり揚屋町」より。

女　郎「よしておくんなんし。とめ川さんが仲之町で見かけたとおっせえした。さあ、本当のことをおっせえし。お言いなんせんと、くすぐりいすにえ」
客「こら、よさねえか。ぶちのめすぞ」
女　郎「くすぐるのは嘘《うそ》でおすが、ほんにあなた、わっちの年季が明けたら一緒になっておくんなんす気かえ」
客「この頃、大分《でえぶ》愚痴が多いぜ」
女　郎「それでも、あなたのととさん、かかさんが承知しない時はどうしんしょうねえ。それを思うと死にとうおすよ」
客「そんなことより、まだ年季が明けるまで丸二年三ヶ月あるんだから、きっとそのうちそっちにいい男が出来るだろう」
女　郎「よーく考えてごらんなんし。五年このかた二人の仲は、わっちが身のためにも、あなたの身にも悪いと度々あきらめてみたけれど、ついに思いきることが出来なかったんだもの。本当に腐れ縁でおっしょうよ。あなたもそう呑みこんでおくんなんし。あれさ、また寝ている。鼻にこよりを入れんすにえ」
客「いや、悪かった。今夜はやったら眠い。煙草を吸いつけてくれ。が、お前、そんなにおれのことばかり言うが、こっちの顔が立たないような浮気はするなよ。と、こんな甘っちょろいことを言うようになっちまっちゃたまらねえ」
女　郎「まだそのようにお疑いなんすなら、この上に指の二本や三本、切って誓う(255)のもいとはしやせん」
客「てめえに指を切ってもらっても、黒焼にして薬にもならないし、塩をつけて焼いても食えねえ」
女　郎「そんならどうすればようおす。じれっとうおすにえ」
客「なんだかどうでもいいことを言い出したな。小腹がへってきたぜ。さっきそこにあったのはなんだ」
女　郎「鶯餅《うぐいすもち》(256)でおすよ」
客「それはダメだ。例の小梅のかりかりするやつで茶漬けにしよう」
女　郎「これこれ太兵衛どん太兵衛どん、ね、後生だからお茶漬けを一膳こさえて来てくだせえ」
　というような世界に引きかえ、お隣の座敷では大癇癪《だいかんしやく》。

(255) **切って誓う**　こういう激しい誓いのやりとりの末、心中が恋の真骨頂となる文化。
(256) **鶯餅**　原文「仕切場」。この符牒はよくわからないが、少なくとも「仕切場」は歌舞伎などの劇場の、言ってみれば制作関係者、特に会計のいる部屋のこと。

女　郎「あれさ、およしなんし。癪が痛《いと》うすよ。触っておくんなんすな。汚《けが》れんす。あんたの悪ふざけにもまったく」

客　「そんならどうしても、あの客と縁を切ることはならねえんだな」

女　郎「それが気に入らねえであんたが来なくなりんしても、あの人とは切れません。わっちゃ正直、あんたの推量の通り、あの客人に惚れていんすわな」

客　「てめえもとんでもねえことを堂々と言うな。それじゃあもう料簡《りょうけん》がならねえわ」

女　郎「リョウケン？　両手に剣を持たせる事かえ。危のうおす。およしなんし」

客　「なんだと、こいつ。いい気になりやがって。おれがこう言い出すからにゃ覚悟しろ。そもそもよー、この枕の紋所も気に食わねえんだ。この着物の裾模様のことも白状しちまえ」

女　郎「あーら、そんなに足蹴《あしげ》にしなんすな。大事な色男の紋でおさあな」

客　「じゃ、こうすりゃどうする。五月五日の飾り刀(257)みてえに、白い粉ばっかりツラへ塗ってきれいにしても、生き死にを賭けねえ女郎は嫌《きれ》えだ。この女郎はこのくらい、この女郎はこのくらいと、おおかたの女の値打ちをつけた上でてめえと付き合ってやればつけあがりやがって、陸《おか》へあがった河童《かっぱ》みてえにグニャグニャして筋の通らねえ女郎なんぞ、こっちからおさらばだ」

女　郎「ほらほら、それが聞きたかったのでおす。それほど気に入らぬ女郎なら、早くおさらばをして、お帰んなんし」

客「帰《けえ》ろうが帰《けえ》るめえが、おれの勝手だ。おれがいちゃそんなに恐いか。道理でぶるぶる震えてやがる。こっちはな、仲之町の何屋の裏に雪隠《せっちん》がいくつあるだの、何屋の裏には掃《は》き溜《だ》めがいくつあるだの、四ツ手駕籠(258)に輪飾りが付く正月から狐舞《きつねまい》(259)の来る年の暮れまで、三枚重ねの布団の上へおやすみになっている女郎がいるなら、誰がお相手でも色男一匹の役は果たしてくるんだ。てめえの顔をつぶすには手間隙《ひま》は要らねえ。あとで後悔するなよ」

女　郎「あんたは、紙屑《かみくず》拾いかえ。よく雪隠やら掃き溜めを知っておいでなんす。男一匹とおっしゃるからにはもしかして犬の生まれ変わり？　うわあ、気味の悪い。数珠かけ(260)とか、鍋かぶりとか呼ばれる有名なあの野犬じゃおっせんかえ。もう言いなん

(257) **飾り刀**　原文「しやうぶ刀」。五月の節句に飾る銀箔を貼ったおもちゃの刀。

(258) **四ツ手駕籠**　四本の竹を中の四隅に張った、簡素な駕籠。いわゆる庶民用。垂れに窓もない。

(259) **狐舞**　狐の面をつけ、白い着物で尾をつけて踊る門付け芸。吉原など遊女のいるところを回った。正月、節分、大晦日と節目にやって来た。

(260) **数珠かけ**　鍋かぶりも共に江戸を騒がせた野犬。どちらも頭の柄を指したのだろう。当時はひどく恐ろしい存在だったに違いない。私が生まれた昭和三十年代から四十年代にかけても、東京にはまだ野犬がいた。

す事がなけりゃ、ゆるりとおやすみなんし」

女郎はそう言いながら、枕と鼻紙を持って出て行く。客は腹が立ってならないがどうすることも出来ず、寝るにも寝られないまま、行灯の落書きなど読んでまんじりともせぬうち、七つ[261]の拍子木も鳴って時は移り、田中の方の寺々ではじゃんじゃんと朝の勤行の合図、半鐘が打たれ始める。

思われるのも飽きられないようにするのも、つまるところはそれが遊びの色模様。えん次郎は京町の例の女とのことで、おす川と宵から派手な痴話喧嘩《ちわげんか》。それも実はおす川がえん次郎を嫌っているゆえにささいなもめ事を仕掛けて寝てしまうつもりの、すべては狂言芝居。吉原の道の真ん中に立てる門松のように、背中合わせ[262]で夜船をこぐ。夜はさらりと明けて、櫺子格子の隙間から差し込む朝日で、長もちの上の埃《ほこり》がきらめき出す。

下ではどっしどっしと米をつく音。不寝番《ねずばん》の男は行灯をしまいに来る。その男といれかわりに、

茶屋男「えんさん、お迎えに参りました」

えん　「ふう、ああ、もうそんな時分か」

茶屋男「おっしゃってた時間より少し遅いくらいでございます」

えん「喜のや、しあんはどうした」
茶屋男「喜のさんはただ今、お支度をなさってます」
と言うところへ、しあんのお相手夏いろ、座敷へ置いた羽織を取りに来る。あとからしあんも起きてくる。喜之介も上等な薄紙(263)で顔をふきながら起きて出て夏浜もそのあとから来る。
えん「さあ、とっとと帰ろう」
夏浜「羽織の襟が折れんせん。お待ちなんし」
しあん「花魁は大分《でえぶ》お疲れのようで」
と冷やかすが、おす川は他愛なく寝ている。一同廊下へ出る。不寝番の男は二階中の使用済の紙を拾い集め、行灯を泉岳寺《せんがくじ》の石塔(264)のようにずらりと並べた。
喜之介「この紙屑を水に浸しておきゃ、おぎゃあおぎゃあとガキが出て来ますよ(265)」
しあん「掃き集めてみると羊のヘドに似てる」

(261) **七つ**　時間の呼称はのみ込みにくいから、再び言う。午前四時頃。
(262) **長もち**　長方形の箱。私も小学校高学年の頃、母の田舎で祖母に連れられて蔵に入り、長もちを開けられて好きな本をどれでも一冊持っていきなさいと言われたことがある。中にあったのはすべて降霊術に関する書物であった……。
(263) **上等な薄紙**　原文「みすのかみ」。三栖紙は吉野産。
(264) **泉岳寺の石塔**　赤穂浪士の墓のこと。
(265) **ガキが出て来ますよ**　言わずもがなですが、どういう成分が拭き集められているか……。

えん「まったくだ」

　とはしごを下りれば段の端には文が並べてあり、下には贈り物の殻が積み重ねてある。茶屋の男が草履を出してくれた。

茶屋男「この二重の鼻緒でございますね」

夏浜・夏いろ「またお出でなんしえ」

　くぐりをがらがらとんっ、とみんなで飛び出る。

えん「えらく遅くなった。駕籠来てる？」

茶屋男「呼んであります」

しあん「ひっどい気分だ。二日酔い」

　玉屋ではもう大戸を開け、格子をきれいに洗い、敷居に塩を盛ってある。料理番は魚を買っている。

料理番「このイカはアオリじゃねえか」

肴売り「いいや、真イカさ。神奈川のだ。見なさいよ、この身の厚いこと。アオリやスルメなら安いけど」

料理番「ヨゴマル[266]の値でどうだ」

肴売り「なんだ、とんだ事をおっしゃるね。犬だ。こん畜生め、向こうへ行け、しっしっ。さあこのアジはどうだい。生麦のいいアジだ、ほらほら、羽田でもこういう丈長のはないよ」

と言うのを聞き流し、三人は元の駿河屋の前まで来た。

えん「腰のものを出してくれ」

茶屋男「まあ、ちょっとお寄り下さい」

喜之介・しあん「いや、このまま帰りましょう」

えん「そうだな」

茶屋男「それでは、と」

くぐりから中へ入り、三人の腰のものを出して渡す。向かいの兵庫屋などはもう店を開け、若い者が揚げ縁を拭き、暖簾をかけている。竹村の前には送り主の名札をはがした菓子入れのセイロが積んである。低級な店(267)の客、八つの拍子木のあとで安く入り込んだ手合い、伏見町の方から二人連れで帰っていく。一人は桐屋《きりや》の横にある小便所の羽目板へ小便でのの字を書きながら、

(266) **ヨゴマル**　原文「だれがれんつ」。だれ＝だり＝四、がれん＝五、つ＝接尾辞で、四百五十文という魚屋関係の符牒だそうだ。わからなすぎるので、こうしておきました。七千五百円くらい。

(267) **低級な店**　原文「かし」。河岸見世。吉原遊廓をぐるりと囲んだ溝の東西にあった、下級の遊女屋。遊女界のオフブロードウェイといったところ。オフオフか。

鬼　勝「おい、鉄、待てえ。一緒に行こうぜ。ゆうべお前についた女郎がおれのところに来て言うにはなあ、『聞いてくんなさえ、鉄さんという人はわからない人でごぜえやす。この間、さよじさんに四百文借りて立て替えをしてあげたのに、今夜も知らん顔をしていやす。あんまり押しが強い。八つを打ったあとに来る客は、みんなああいう連中だ』なんてっからな、おれがな、いい加減にごまかしといてやったぜ。あいつの顔ときたらさ、とうもろこしを横にくわえたみてえでよ」

伏見町河岸は八つに店を閉めるから、その後に入るとたったの四百文で済む。これはしみったれた客のすること。

鉄　「ほんとにそう言ったのか。とんだデタラメじゃあねえか。こないだは二朱銀を放り出してやって、酒肴つけて遊んできたんだぜ。あいつが言うのは五年も前のことだよ。こないだだって、オカラにアミ海老を入れて煎ったやつで、あいつ飯を七、八杯食いやがった。あすこの屋台骨はおおかたやつが食らいつぶしちまうだろう。あの図体を見ろ。纏《まと》い持ちにすればいいぜ。くそー、楔《くさび》を削ぎたくなった」

楔を削ぐと言うのは、便所に行きたいという大工の用語である。

鬼　勝「なんにせよ晩にゃあ、虎屋へ行こうぜ。いい思いつきだ、まったく」

と行き過ぎる。吉原大門の入口、番人が火を焚いてあたっている手すりのところに寄りかかって、昆布巻きから出た汁の煮こごりみたいな色黒の新造、霜で傷んだような禿、姉女郎のなじみ客がよそで遊んだのをつかまえようとしている。これは低級店の女郎と見える。新造、妙な調子の声で、

新　造「おや、喜のさん。どうなんしたえ」

喜之介「久しぶりだな。何、こんな時分までぼんやりしている客はいねえよ。いい加減にして帰りな。えらく眠そうな目だなあ。みつのえさんにはよろしく言ってくれ」

新　造「おさらばえ」

えん次郎、しあん、喜之介三人は河東節(268)なんかうなりながら、大門の外へ出ていく。

茶屋男「上総屋《かずさや》ー！」

か　ご「はい、ここでございます」

と、白玉屋の店あたりから返事がある。

え　ん「なぜこっから乗せねえ」

茶屋男「高札でお触れが出てから、大門の横には駕籠がつけられないんで」

(268) **河東節**　ここでも、また江戸浄瑠璃が出てくる。冒頭に引用されていた『助六由縁江戸桜』の中で特別に演奏されることでも知られる。『通言総籬』はこのさっぱりして威勢のよい音楽を想起させて始まり、途中に京伝作のめりやすなど混ぜつつ、客の引用する河東節の一節を経て、ついに三人の放吟するそれで終わる……かと思いきや。

向こうから泉屋の娘が下女を連れて朝参りから帰ってくる。

えん「お夕さん、大分《でえぶ》お早いお出かけだね」

夕「おや、えんさん。ご機嫌いかが。今朝は山谷の正法寺《しょうぼうじ》の毘沙門《びしゃもん》様へお参りしてきました」

えん「こえんさんによろしく」

夕「さようなら、お気をつけて」

かご「さ、お乗りになって」

茶屋男「お履物は駕籠につけました？[269] それじゃ私はこちらで」

えん「もろもろよろしくな」

かご「そちらの旦那、お羽織をもちっと中にお入れくださいまし」

かご「相棒、いいか。どっこいしょ」

と駕籠三挺、いっせいに上がる。

来れば導く提灯と、別れの時に聞く鐘とは、比べてみても提灯と吊り鐘、とてもつり合うものじゃない。大尽客[270]と肥汲《こえぐ》みと、送る傾城、托鉢《たくはつ》僧、物もらいたちの朝しゃべり、口から出るのは白い息、今戸じゃ瓦を焼く煙、立った煙を見て座る、四つ手[271]の駕籠の三人は、日本堤を一直線、急がせながら（ここは三味線、三重《さんじゅう》[272]の節を伸ばしつ

つ）、

〽また続く。(273)

(269) **つけました？**　履物は駕籠の外に設置した器具に引っかけた。

(270) **大尽客**　遊里で豪遊する客。

(271) **四つ手**　ここからはまるで音楽の拍子を取るように、四↓三↓二↓一と音で洒落ている。

(272) **三重**　人形浄瑠璃の段（シーン）の始まりや終わりで使われる三味線の導入部の決まったフレーズ。こちらの浄瑠璃はつまり義太夫節で大坂《おおざか》ルーツの音楽だから、ここでタッチはやや粘っこくなって本当の終わりへ。

(273) **また続く**　原文「行く空の」。浄瑠璃の段の始まりや切れ目に置かれる常套句。ほぼ意味はない。「と、移動」程度の言葉なのだが、主人公が外にいさえすれば万能の「つなぎ」文句である（ここでは「遊びの日々は終わらない」というバブリーな含みを入れて訳した）。

ゆ・く・そ・ら・の――と特に江戸時代の読者には大夫の声が聞こえてきただろう。ここでおしまいとなれば伸ばした声の先に「おーん」と付けて大夫は読み終えた本を捧げ持ち、頭を下げて去るが、そこまで京伝が書くまでもない。読者の耳には聞こえたし、見えた。

仕《し》懸《かけ》文《ぶん》庫《こ》(1)

自序

さてさて源頼朝《みなもとのよりとも》公のオツムはデカいと言うが、それとならぶ大きさとくれば、なにより大磯《おおいそ》(2)、そのにぎわいは大変なものである。曽我兄弟《そがきょうだい》(3)　十郎祐成《じゅうろうすけなり》の恋人である大磯の遊女・虎御前《とらごぜん》、五郎時致《ごろうときむね》の情人たる化粧坂《けわいざか》の少将をはじめ、あまたの芸妓が美しさを争い、多くの客が通いつめるのだから。

意地悪な梶原景時《かじわらかげとき》は朝まで泊まって遊ぶつもりが、家紋の矢筈ではないが手筈通りには行かず、ド派手な化粧の武士・小林朝比奈《こばやしあさいな》は左右のヒゲをなで回して威張り、二日酔いの十郎のふらつきは夜討ちでの衣装の柄《がら》で有名な千鳥を思わせるし、短気な弟五郎は癇癪《かんしゃく》起こしてキセルの首を押しつぶす。

さて、曽我兄弟に討たれた工藤祐経《くどうすけつね》の方は、芝居では着流しに羽織の演出で大当たりしたが、深川なら芸者が羽織。(4)また曽我兄弟に子があるように、深川では遊女を「子ども」と呼ぶ。

あるいは敵役《かたき》の小藤太《ことうた》の姓が近江なら、深川にだって真実惚れて会う身があり、同じく敵役が八幡の三郎なら、義理の真綿で首を締められるようなつらさだってある。汐留《しおどめ》、つまり日本橋箱崎町《にほんばしはこざきちょう》あたりから遊廓へ行く屋根無しの小舟、いわゆる猪牙船《ちょきぶね》には、頼朝公の弟範頼ならぬ乗り寄る客がいるものだ。到着の桟橋《さんばし》に来れば鳴子《なるこ》でカチカチ知らされ、するともう魂が抜ける思い。ただし短い出会い、一ト切り分の遊び(5)だと、曽我兄弟『対面』の場で弟五郎が三方《さんぼう》(6)をぶっつぶすように客はぞんざいに扱われ、よそに呼ばれている遊女をちょっと借りて遊ぶ風習は、兄弟が通行証を手に入れて狩り場に入る場面を思い出させる。

この遊里で客は曽我家の名刀友切丸《ともきりまる》がなくなったように正気を紛失し、のちに五郎が敵のとどめを刺す漆無《うるし》しの赤い短刀がひとりでに抜け出るように財産を使い尽くす。したがって兄弟の母・満江《まんこう》のごとく、親は心を痛めずにはいまい。忠臣鬼王《おにおう》がいさめても、かえって逆らう気持ちが高まるのと同じで、ここぞ鎌倉時代の魔境であり、鎌倉の地で有名な「星月夜の井戸」(7)ほどに深く戒められるべき悪所である。

寛政三年辛亥《しんがい》正月三日

(これを記す今は、北条時政(8)のいた鎌倉時代ではなく時まさに寛政で、曽我兄弟実父三郎の名にちなむかのように寛政三年、干支は悪役新開荒次《しんかいあらじ》郎《ろう》に似て辛亥であり、史書『春秋』の始まり「春王の正月」にならって「鬼王の正月」とでも呼びたい新年、曽我兄弟たちに危険を及ばせた武将和田義盛主催の三日三晩の酒盛りでいえば、つまり最終日である）

京伝酔って記す

（1）**仕懸文庫**　遊女の身の回りのものを入れる箱を言う。今も遊廓吉原を描くイベントやらドラマなどで若い男衆が肩にしょって運んでいる。
　例えば現代の浅草の芸者衆でも、見番の人にちょっとした道具類をひとまとめで持ってもらって移動するのをよく見た。あれは当時からの風習の名残だったんですな。

（2）**大磯**　本当は吉原（政府から認可を受けた遊里）とは一風違う、深川という私娼のいる風俗地帯（岡場所）の様子を詳細に描きたいのだが、それでは公序良俗を乱し、贅沢を称えるとしてお上から手に鎖をかけられかねない。
　特に当時は風俗を描きまくる洒落本、「黄表紙」が目をつけられていた時期で、寛政二年（一七九〇年）には出版取締令が出ており、事実この『仕懸文庫』を始めとする三冊のせいで、京伝先生は希代の出版人・蔦重《つたじゅう》（蔦屋重三郎《つたやじゅうざぶろう》）が罰されるのにともなって「手鎖《てじょう》」の刑を受けてしまった。手鎖とは前に組んだ両手にかけるまさに手錠で、牢屋に入りはしないが一定期間そのままで自宅謹慎せねばならない。

　今も犯罪者に手錠をかけた姿が報道され、いかにも重大なしるしであるかのようにむしろ布で隠されたりするあの不思議な感じは、この刑罰の感覚が残っているからじゃないかと俺は思う。日本国はいまだに江戸なのだ。

　というわけで、ここに「大磯」とあるのは、「深川」と書けないからなのでした。この置き換えは黄表紙の常套手段で、言論弾圧はこうした忖度に支えられると言ってもいい。

（3）**曽我兄弟**　大磯への置き換えが生じると同時に、鎌倉時代に駿河を中心に実際起きた曽我兄弟の仇討ちのディテールが様々に引用される。これも黄表紙の典型。
　岡場所の最新情報が披露される一方で、武家の模範ともなり、歌舞伎の重要な世界観ともなった仇討ちものの代表作、いわゆる「曽我もの」のパロディが楽しめる仕掛けになっている。

（4）**芸者が羽織**　俺もかつて習って気に入っている小唄のひとつ

が『辰巳や　よいとこ　素足が歩く／羽織や　お江戸のほこりもの／八幡鐘が鳴るわいな』。

　辰巳とは江戸城から見て東南、つまり深川である。今も小唄に残る通り、辰巳芸者はお座敷に素足であらわれ（水運の世界ゆえか）、しかも男にしか許されていなかったはずの羽織を着ていた。つまり禁断の男装ですね。娼婦としての登録が禁じられていたがゆえの偽りの男性名が由来とも言われているのだが、なんにせよカウンターカルチャーっぽい意気のよさじゃないでしょうか。

　以下のYouTubeは俺と同じ時期、二人並んで一緒に名取りになった春日とよ菊美による歌演奏（https://www.youtube.com/watch?v=4jka6j2m_o0）。

　で、さらに脱線すれば俺は浅草花川戸を本籍としたまま（ちなみに、花川戸助六は「実は曽我五郎」というのが歌舞伎の世界観）あちこち越してやがて日本橋浜町に住み、そこから芭蕉に憧れてふわっと隅田川を渡ってしまい、深川あたりに終の住み処を構えやした。なので今『仕懸文庫』を訳すのはまことに不思議な成り行きなのである。

（5）**一ト切り**　深川では一日を四つ、または五つに切る。そして最小単位の一切で数時間、銀十二匁が相場。

（6）**三方**　今も宗教儀式などで見る、お供えを載せた台。簡素なものなら正月前にスーパーなどで買う、あの鏡餅を設置しておくやつ。曽我兄弟の芝居では短気な五郎がそれをグシャッと破壊するのが見せどころなんです。

（7）**星月夜の井戸**　鎌倉の十大井戸のひとつ。極楽寺切り通し付近に今もある。

（8）**北条時政**　「寛政三年辛亥正月三日」という実際に書かれた江戸時代の日時（一七九一年一月三日）を、すべて曽我兄弟関連の語句に置き換えて洒落る。
　この方法がつまり、古典芸能の世界で「時代物」とされる分野の要点。現在を描写すると取り締まられるからこそ、時代を別の時空間に移して話を進める（言わずもがなだが、反対に現在をそのまま活写すれば「世話物」）。

　したがって、時の政府に目を付けられていた京伝にとって、ここは言葉遊びが多ければ多いほど「現在」から遠ざかって見えるという、いわば逃避の技術の見せどころとも言えるが、取り締まる側からすればその過剰な遊びこそ腹立たしかっただろう。

第一回　大磯へ行き来する遊びのための船でのあれこれ

古くは中国の東山《とうざん》に芸妓を連れて隠居したという風流人でも、日本橋あたりの呉服屋の休日に奉公人がさくっと短く快楽にふける楽しみを知らないし、酒店に勤める者が上方から江戸に下ってくる酒樽の具合を船着き便の蔵で点検したあとに遊びに寄る面白さも知るまい。

さて後鳥羽院《ごとばいん》の時代である文治《ぶんじ》建久《けんきゅう》の昔、鎌倉の東南、すなわち巽《たつみ》の方角にひとつの色里があり、大磯と名付けられていた(9)。

ここを訪れるならば、中国春秋時代の大金持ち陶朱《とうしゅ》たちの富さえもまあまあきれいな木の枝程度に感じ、あるいは楊貴妃《ようきひ》をはじめとする美女の最高峰たちさえ伝説の山に落ちた小石くらいのもの。いわば黄金のはきだめ、憂さ晴らしの場、浮かれた遊び場といったところだから、品なく酔ってハチマキでもし、あぐらをかいて座り込んで

（9）**大磯と名付けられていた**　名付けられてなどいない。深川なんだから。岡場所なんだから。

いたって目立つものでもない。

「サッサおせおせ」などと下品な騒ぎで猪牙船の艫《ろ》を動かしながら色里になだれ込んで、まともな音楽を乱し、忠臣も気の迷い、孝行な子も浮かれ、老いも若きも下男の権介も田舎者の八兵衛もむやみに出かけ、通いつめ、フラれてしょんぼり、かの地の業界用語なら「照らされ(10)」て落ち込み、身を打ちすえられるようにぼろぼろにされ、あるいは敷物をかぶって身を隠す身分になるまでしくじり、みな陸《おか》では行かず舟で通い、行きの舟では勇んだ風情だが、帰りには憂いに包まれる。

猪牙船の中で一枚のふとんを二つ折りにしてその間に入って独り寝するなら「柏餅」といい、貧しいムシロで覆った舟中でむさぼるなら「舟饅頭(11)」というが、そんな連中の脇を過ぎて舟が桟橋へ着けば心弾ませて陸にあがり、帰りは茶屋の女に「またお近いうちに」と言われながら舟を出されるとなるとその折の名残惜しさはいかばかりか。

さて、この地では船頭はよそとちがって権限があって君子のごとく尊ばれ、その分だけ客はバカにされて臣下のようで、「羽織(12)」といっても衣服のことでなく羽織芸者(13)そのもの、「しんこ」といってもモチ米じゃなく遊女になりたての女を指す。

また、昨日まで遊女を監視していた娘分(14)が今日は店を仕切るかみさんになり、座敷で芸を見せていた羽織芸者が「子ども」と呼ばれて色を売るなんてことは歳時記『礼記』月令篇[15]にも書かれていない物事の移り変わりだ。

さらに、初めての客に買われている遊女をなじみ客が来て譲らせるとか（「初会《しょかい》をもらう」）、予約の入っている女が時間まで別の客に会うとか（「ぬすみを売る」）、先客との遊びが終わったあとを予約する（「跡をつけて待つ」）ということもあれば、短い遊びのはずが延長になってしまい（「なおす」）、待っている客の鼻があかされるこ

（10）**照らされ**　出ました。こういう業界用語のご案内は京伝のお得意。つまり男を「振る」ことが「照らす」。

（11）**舟饅頭**　こうした隠語はなんだか実に卑猥。そして買売春の格付けにおける下の下に底がない。なにしろ遊女を「地獄」って呼ぶ例もありますからね。

（12）**よそ**　原文にはどことも書いていないが、吉原との比較である。なにしろ官許された吉原と、非官許の深川の相違なんかを書き連ねていることは危険きわまりないことなわけだから。

（13）**羽織芸者**　おかしいな。辰巳芸者はかつて「芸は売っても色は売らない」という意気地で有名だったと下町で教わってきたのだが、現実はそうでもなかったのか。なんだよ。京伝先生、ほんとかよ。

　俺が歌った小唄はなんだったんだよ。

（14）**娘分**　いわばマネージャー側。吉原で「遣り手」と呼ばれた立場を深川では「娘分」と言ったらしい。このへんの描写では、各々の場所での使用言語やシステムの違いをくわしく述べる。

　ちなみに娘分は戸籍上、経営者の娘になって働く。フリーランスの遊女よりは身分が安定しているが、その分だけ抜け出すことも難しくなるだろう。

（15）**『礼記』月令篇**　月々の自然の変化にともなって行う儀式を記した中国の書。

　一年を陽光の長さで二十四に分けた「二十四節気」、それをさらに五日ごとに分類して自然現象を割り当てた「七十二候」もいまだ日本に残っているが、中でも十月中旬「雀入大水為蛤（雀海中に入って蛤《はまぐり》となる）」が俺は大好き。秋の初めに雀が海辺に集まっているのを、ハマグリに変化していると見立てる。しかしこうした繊細な自然と人の感覚が、果たして今の温暖化の陽気に同期しているのかどうか。

ともある。

また宵のうちから朝まで泊まっていくつもりの客の落ち着いた顔、翌朝に同じ遊女を改めて買って居続ける者（「朝なおし」）の眠そうな顔、宵を過ぎた午後十時頃から朝まで（「四ツあけ」）(16)のコースをしっぽり楽しむ様子、昼に遊ぶ客の元気なことも面白い。

ところで遊女の書く文字だが、自己流の草書なみに読めず、隠語(17)は海外の言葉のようで解けない。それはともかく、客からすれば誘われて遊びに来たり、送られて帰ったり、嫌われてかえってのぼせてみたり、好かれても仲が深まらなかったりするものである。

などというわけで、浮気の風は鼻先を軽く吹き過ぎ、本気の気持ちは涙の雨となって膝あたりに降る。

客は色々で千差万別、遊女は臨機応変、実にこれこそ平安な世の盛んなありさまであることよ。

と、話変わってここは相模国《さがみのくに》、平塚の宿(18)、それも花水橋《はなみずばし》の上。お侍が一人通るのは御所五郎丸(19)である。

乗馬用の袴は江戸麻布十番《あざぶじゅうばん》で仕立てたもので裾が広く、背のばっさりと開いた羽織の生地は半ざらしで藍《あい》色に濃い赤を帯びたもの。

腰に差した大小の刀のこしらえに目をやれば、まず大刀はとてつもなく長く、柄《つか》の先端は鉄で木目を彫ってあり、穴には革紐の輪を通したもの。

柄は鷹《たか》の足に結ぶ紐を上下ともに捻りあげて巻き、鞘《さや》の外側は革を膠《にかわ》に浸して叩《たた》いて伸ばしたもので、刀身はといえば備前《びぜん》で造られた三分反り程度と思われる。

脇差はぐっと短く、タケノコ形(20)といわれる先の尖ったやつで柄は漆を塗らない木製。

鞘の金具は銅三分銀一分の割合、尻まで木を研ぎ出してある。

刀身は大刀としても使える仕立てで、美濃国《みののくに》の関の刀打ちがこしらえたろうと見える。また小柄《こづか》だが、駿河《するが》は島田の刀工が鉄を打ったものであり、鞘につけて下げた紐

(16) **四ツあけ**　四ツ時が午後十時頃で、そこから朝までを「一ト切り」（ひとまとまり）とする遊び方。

(17) **隠語**　深川から発生したと言われるのが、ひと文字ずつに「カキクケコ」を入れる隠語（唐言《からこと》という）で、これって平成の女子高生とかにも何回目かの流行をしたやつですよね。言葉遊びは時代を超えて繰り返す。「そコつクくクりキ」（そっくり）

(18) **相模国、平塚の宿**　話の都合上、鎌倉あたりの地名になっているが実際はすべて江戸を指しており、たとえば花水橋は永《えい》代橋《たいばし》。

(19) **御所五郎丸**　曾我兄弟の仇討ちで、決行後の五郎をとらえた男の名前を借用。

(20) **タケノコ形**　松平定信の好んだ小刀の形だと山東京伝の弟の京山は注を入れている。それ書いちゃ「現代」になってしまうのだが。

は甲冑《かっちゅう》に使った糸で作られたやつだ。
羽織の後ろに扇を差し、鉄の鎖(21)を袋に入れたものと矢立《やたて》を腰につけ、髪は「おしどり」(22)というスタイルで、ただし額は狭めに見せ、手の甲には薄い藍色のメリヤス生地(23)をかけて、深めの菅笠《すげがさ》をかぶっているこの男、年は二十四、五くらいである。
お供は十三、四歳の侍。額を剃って大人ぶっているが、まだそこに子供の頭にできる白癬《しらくも》があるような野郎で、黒い着物に黒羽織。これもまた大人が着そうな渋さで肩をつまみあげて縫い、大小の刀も袴も同様に不相応な大きさ。竹の皮を編んだ笠をかぶり、菖蒲《しょうぶ》柄の小さな紋様の革袋にツルを張った弓を入れ、指を守る革手袋、予備のツルを入れる袋、雁の形をした的をひとつに縛ってかつぎ、片手に弁当を下げている。
おおかた大磯三面堂(24)への稽古帰りであろう。
五郎丸「おい、的を風に吹きとられるなよ。気をつけろ」
小　侍「はいはい。で、さっきの矢なんですが、とうとう見つかりませんでしたか」
五郎丸「うん。三面堂も場所はいいんだが、草が多いから下手をすると矢をなくすんだよな。で、明日はまた由比ヶ浜《ゆいがはま》で『見せ馬』(25)があるけど、雨になりはしないかな」
小　侍「どうでしょう。それにしても、あの佐々木様はよくお当てになりますが」
五郎丸「なーに、たまたまだ。弓にゆるみがあるさ」

と少しえらそうな調子。

五郎丸「あーあ、この橋の上でいい馬に乗って走ってみたいもんだなあ」

と両手を袖に入れたまま前へ突き出す気取ったポーズをみせ、花水橋の上を行き過ぎる。

一方、秋の初めで残暑の折、川には涼み舟、はえなわ漁の舟、近海から市場に魚を急送する舟などなど、様々な舟が行き交っている。その中に鎌倉は滑川《なめりがわ》の青砥屋《あおとや》(26)の舟

(21) **鉄の鎖**　両端に環をつけた鎖を袋に入れて腰に下げるのが流行、と京山はさらに書いている。

(22) **おしどり**　一般には幕末から明治に流行した女性の髪型を「おしどり」と言うようだが、この場合がどうなのかわからない。

　少なくとも幕末のやつは、頭頂の前から後ろへ、細い髪の束を渡すのが特徴。あの鳥のオシドリの雄が秋から体の模様を派手にする時の、目の回りから後ろに白く尖ったように伸びるのに似ている。

(23) **メリヤス**　伸縮するあの生地はこの頃からあった。「通言総籬」23ページ91項参照。

(24) **大磯三面堂**　深川富ヶ岡八幡宮の近くに三十三間堂があり、弓の道場として有名。それを大磯の三面大黒堂とかけた形。

　ちなみに三十三間堂と言えば京都であり、現代でもその裏手で行われる「通し矢」が有名。一二〇メートルの直線上で一昼夜に何本の矢を的へと射通せるかがもともとの形で、貞《じょう》享《きょう》三年（一六八六年）の紀伊藩和佐大八郎《わさだいはちろう》の記録八一三二本、が最多。その記録からほぼ百年後に、この『仕懸文庫』が書かれている。

(25) **見せ馬**　将軍が地方のいい馬を見たり、腕の立つ者の騎射を見る行事。実際は江戸城の中の吹上《ふきあげ》御庭で行われていた。

(26) **滑川の青砥屋**　隅田川とは書けないので、滑川とする。藤綱廉潔白な武士・青砥藤綱を引っ張り出し、滑川とする。藤綱が滑川に落とした銭十文を五十文の松明《たいまつ》で探させた故事が『太平記』にあるからだ（十文が川底にあるままでは経済が回らないが、松明を買った代金は流通し、合わせて六十文が天下のものとなる、と説いた）。

だろうか、簡素な屋根舟(27)が一艘、少し南風が吹いているので横風を帆に受けて操る形(28)で新地(29)の突端を走っている。

舟の中の一人はその名も「小林朝比奈」。年は三十ぐらい、結城縞《ゆうきじま》(30)の単衣《ひとえ》を着、小紋の散った絽《ろ》の羽織をぬいでそばに置いている。この男はかねてこの世界で大変な通人である。

今一人の客は「そがの十郎(31)」。

年は二十三、四。茶の縦糸に白の横糸を織り入れたもぐさ縞の越後上布《えちごじょうふ》(32)に白じゅばん、黒い絽の羽織を着、柿渋《かきしぶ》(33)で貼り合せた扇を持っている。こちらは吉原に出入りする客で、大磯にはまだ通じていない。

さらにもう一人乗っているのが「団三郎(34)」で、十郎が遊廓で遊ぶ折の取り巻き。身なりはご想像におまかせする。

十　郎「なあ朝さん、今花水橋の上を通った侍、例のやつが勤めてた屋敷の次男だぜ」

朝比奈「ふーん。なんだか豪勢に武張った(35)格好しやがって。あ、見ろよ、あの貨物船。檜垣《ひがき》(36)なんか付けて。こうして見るといかにも大きいじゃねえか」

団三郎「この舟の中にはあれこれ忌み言葉がありますよ。茶わんなんかが割れるのを、走ったなんて言ったり。あたしゃ一度、中へ入《へえ》ってみましたんでね」

朝比奈「ところで船頭のじいさん、この頃の縄はどうだい？」

　縄とは長縄、つまりはえなわ漁法のことだ。

船頭の久「あんまり晴れが続くんで赤潮になっちまっていけませんや」

朝比奈「だろうな。おっと、今日もえらく南風が出てきたな。だいぶうねりやがる」

　波が立ってきたのだ。

朝比奈「今日はいつだ。十二日だな。とすると二、四、八……ああ八ツの時刻で満潮

(27) **屋根舟**　猪牙船と同じ小型の船だが、上に屋根をつけてある。

(28) **横風を帆に受けて操る形**　原文「ひらき」。

(29) **新地**　埋め立て地に出来た深川新地と呼ばれる岡場所の先端であり、付近は隅田川の流れの難所でもあった。

(30) **結城縞**　常陸国《ひたちのくに》で織られた細い縞の入った織物。さっぱりした風合いでシティ派の好むやつ。

(31) **そがの十郎**　いきなり曽我兄弟の仇討ちの話に出てくる兄の名前そのものが登場。

(32) **越後上布**　ふわっと風通しのいい最上級の麻の織物。南魚沼産。俺も日本橋の百貨店で一反、お値打ちのが出たんで仕立てたんだが、夏はもう他が着られないくらい爽やか。しかし胴の一部が汚れちまったので、そこを隠してなおしつこく着ています。

(33) **柿渋**　同じく自分も一時はそれしか持ち歩かなかったのが、青い柿の汁を発酵させた柿渋で地紙を強くした龍馬扇の深い紺色のやつ。少し小さめで耐久性抜群。ただし実際に龍馬が持ったわけではない。そこは明治になって付けられたうまいニックネーム。

(34) **団三郎**　曽我兄弟に仕え、形見を墓へ持ち帰ったとされる鬼王団三郎から名前をとった。

(35) **武張った**　浅草での小唄のお稽古中、肩に力が入って偉そうな声になると師匠によく注意された。「そこ、武張って歌っちゃ」だめよ、と。

　小唄の発表会でも師匠はしばしば男たちのなりを見やって、小声で「やあね、武張っちゃってハカマなんか着て。小唄なのに。いとうさんはずっと着流しでいてよ」とおっしゃっていた。

　おかげで、俺は武張らないようにいつも気をつけている。下町では不粋《ぶいき》の典型だ。

(36) **檜垣**　江戸大坂を行き来する船。積み荷が落ちないように、船べりに菱形の檜垣（垣根）のような柵を付けたそうです。

まで八分《はちぶ》[37]だから、ちょうど今は潮が満ちる最中だ。乗りにくいはずよ」
潮時にくわしいのはさすが大磯の通人というものだ。
十　郎「あ、鵜《う》がうなぎを獲ったぜ」
団三郎「でっけえうなぎだな。あれ、もう呑んじまった」
朝比奈「ほんとだ」
十　郎「と思ったら尻から出たぞ」
などとやってるうち、舟は新地へ渡る橋をくぐる。向こうから猪牙が一艘。
十　郎「形のいいさがり[38]をつけてるな」
向こうの船頭「おい、おじさん。どこへ行く?」
船頭の久「縄町[39]だ」
向こうの船頭「気をつけて行きなよ」
とすれ違う。
船頭の久「あの野郎もだいぶ艫の扱いがよくなったよ」
また向こうから「鎌倉ほ引き町[40]」の舟、どこかの店の者と見える客を送ってくる。女芸者[41]が二人、女郎[42]が一人、茶屋の娘がつき、屋根舟のすだれを上げさせ、やたらに騒ぎたてている[43]。

団三郎「まぬけが心学(44)ってやつを習ったわけでもあるめえに、無性に茶わんを叩きやがるぜ」
十　郎「こりゃ上出来だ。うめえことを言う」
朝比奈「お、まんざらでもねえ顔つきをした女郎だ。船頭のおじさん、ありゃ鳥羽瀬《とばせ》(45)からの連中だな」
船頭の久「あい、それについていってるのは鳥羽瀬の釣屋(46)の娘分さ」
と新市葉《しんいちば》(47)の前へ来る。亀子屋(48)付近の二階から聞こえてくるのはこんな潮来《いたこ》発祥の流

(37) **八ツ／八分**　潮を数えると「八ツ」（午後二時ころ）に八分程度の満潮。
(38) **さがり**　舳先に黒い縄で作った飾りを下げる。
(39) **縄町**　深川仲町を指す。遊里が七ヶ所あるうちの最もよい場所で、富ヶ岡八幡門前にあった。
(40) **鎌倉ほ引き町**　江戸「木挽町《こびきちょう》」の妙な洒落。言わずと知れた今の銀座、歌舞伎座のあたり。かつては三十間堀川《さんじっけんほりかわ》という河川が近くにあり（同じ名前の堀は大坂にもある）、船宿もあった。
(41) **女芸者**　これが素足で羽織の、基本的には芸を提供する者。
(42) **女郎**　こちらが売色を生業とする者。
(43) **騒ぎたてている**　吉原が静かでしっぽりとした遊廓地帯だったとすれば、深川は嬌声の響く盛り上がり空間だったという。
(44) **心学**　江戸中期の思想家・石田梅岩《ばいがん》が開いた庶民向けの道徳の教え（石門心学）。たとえば、茶わんを叩いて「この音はどこからするか」などと禅めいた問いを発し、江戸後期にかけて全国的に普及した。ここで団三郎はその茶わんのことを言っている。
(45) **鳥羽瀬**　深川遊里七場所のひとつ、土橋《どばし》のこと。仲町に次いでにぎやかだった。
(46) **釣屋**　実際の土橋にあったのが鶴屋だそうで。
(47) **新市葉**　やはり深川七場所のひとつ、新石場《しんいしば》を指す。現在の大横川《おおよこがわ》の南。この運河のわりとそばに現在、私も住んでます。まさかあたりが七場所のひとつとは知らずに引っ越してきました。
(48) **亀子屋**　亀屋という店はあったらしい。

行歌で。

「〽お前は主のいる身だが、わたしゃ召しつかわれる身さ、天井つかえて住みにくい[49]セエセエセエ、トウトウトウトウ」
十　郎「ここを大磯の新市葉というのか」
朝比奈「そうさ」
団三郎「ここの坂戸屋[50]へ、京の次郎さん[51]と来たことがありましたよ。いい感じの店でねえ」
船頭の久「新店舗の方も骨組が出来たばかりで」
朝比奈「今も店は変わらずにあるんだな」
　さて舟の中にある煙草盆は、帰る客を送った時に茶屋から借りてきたのをそのままにしておいたもの。つけてあった中の火が消える。
船頭の久「枕箱[52]の引き出しに、火口[53]がございますよ」
十　郎「おう、承知承知」
　と言いながら箱の引き出しをあければ、舟番所からもらった通行許可証と、新しい艫杭《ろぐい》[54]が二本、四文銭が十五、六文、中には仙台通宝[55]が一文ある。十郎はそれをちらりと見て火口を探し、火を打つ。

十　郎「いっこうにうまくいかねえ」
団三郎「どれ、俺が打ってあげやしょう」
するとの朝比奈は枕箱に手紙が入っているのを見つけ出し、上書きを読む。
朝比奈「なんだ、青砥屋気付け藤綱《ふじつな》さまへ、夢の戸(56)にてシゲより。おい、じいさん、このおシゲってのはどこの遊女屋にいるんだい？」
船頭の久「ああ、その文《ふみ》を届けるんだった。なーに、中うらのちちぶ屋の所属さ」
ちなみに、大磯縄町では子ども屋(57)、つまり売色する女郎を雇っている店のあるあたりを中うらと言う。
などと話しているうちに、ほどなく舟は振市葉《ふるいちば》(58)の前へ到着する。

(49) **天井つかえて住みにくい**　原文「天井つかえてままならぬ」。この天井が自室の狭さをあらわすのか、船の中での売春行為を描写しているのか不明。ともかく生きにくさであることだけは間違いない。どういう意味かわからないが、上に行けない窮屈さはなんとなく伝わる。セエとかトウは囃子言葉。
(50) **坂戸屋**　実際は坂田屋だったらしい。
(51) **京の次郎**　曽我兄弟の異父兄、京の小二郎を引っ張り出す。
(52) **枕箱**　上下二段に引き出しのある箱で、中に火縄が入れてあり、客はよく枕がわりに使ったらしい。あったかくてよかったんだろう。
(53) **火口**　ほくち。火打ち石から飛び出すものを着火させる部分。
(54) **艫杭**　艫を支える小さな突起。そこを支点に漕ぐ、あれ。
(55) **仙台通宝**　仙台領内でのみ流通した銭で質が悪かったが、船頭などが通常の貨幣に混ぜて使用したという。天明七年（一七八七年）に鋳造停止になったそうだが、その名残があったことを細かく記録するのは京伝らしさ。
(56) **夢の戸**　深川仲町の茶屋「梅本」を言い換える。
(57) **子ども屋**　深川では女郎を「子ども」と呼び、したがって女郎屋を「子ども屋」と言った。
(58) **振市葉**　古石場。こちらも深川七場所のひとつ。

十　郎「大磯の振市葉ってのはここかい。だいぶ舟が着いてるな。にぎやかそうだ」
朝比奈「客によくするから栄えてるのさ」
十　郎「ここの大智屋(59)ってのはどこかな」
朝比奈「ほら、あそこの下駄売りの荷が下りてるのがそれだ」
十　郎「富倉(60)とかいうのは？」
朝比奈「富倉はあの赤く塗った提灯《ちょうちん》の出てる店」
団三郎「あの、ここの富倉の支店が花川(61)にありやすねえ。去年、大山《おおやま》参りの帰りに寄り道とシャレこみました。流行ってますよね」
朝比奈「なあ、じいさん。あそこの湯川屋の脇の小さな稲荷《いなり》はなんていうんだい」
船頭の久「山田稲荷です」
朝比奈「なあ十郎さん、この左の堀が『日記《にき》どのぼり(62)』ってやつだ。大磯通ならよく知ってる場所でね」

　と言っていると、鞘町《さやちょう》の河岸で仕立てた猪牙船が、帰りの客を送っていった戻り。中には女郎と茶屋の女が同乗している。

子ども「おくめどん、しっかり持ってないと日傘を吹き飛ばされるよ」

　茶屋女はこちらの舟を見つけて、

茶屋女「青砥屋のおじさん、どこへお出かけで？　わたしらの方へは冷たいもんだね」
船頭の久「ええ、ちょっと寄っていきなよ」
茶屋女「客を送った帰《けえ》りか」
　するとまた一艘、猪牙が一人乗せて帰ってくる。互いに見つけあって、
子ども「おや、善さんだよ」
茶屋女「おやおや、よくおいでなさいました」
客　「今、戻るところか。客を送りに行っていると聞いたから、俺も帰ろうとしていたところだ。ちょうどいい。さ、舟を戻してくれ」
　どちらの舟も騒々しくわめきあいながら舟を二艘並べて走らせ、あれこれしゃべりつつ急いでいく。つまりこの客は女郎のなじみ客で会いに来たのだが、女が他の客をよそへ送りに行ったと聞き、むなしく帰ってそこまで来ていたのだった。で、出会ったんでちょうどいいと舟を引き返したのである。

（59）**大智屋**　大津屋。
（60）**富倉**　豊倉。
（61）**花川**　神奈川。母音は合ってる。と、もう言い換える言い換える。当時の読者は推理などしながら秘密文書を読むようなものだったのか、あるいはこうした言い換えがある程度共有されていて笑えたのか、どちらだろう。どちらにしても娯楽的だ。
（62）**日記どのぼり**　外記《げき》殿堀の言い換え。深川黒江町と蛤町《はまぐりちょう》の間の支流という。蛤町。なんてオツな名前だろう。日本橋蛎殻《かきがら》町は今もあるし、潮の匂いがしてくる。江戸はやっぱり水運の街だ。

朝比奈「こいつはいい、いいねえ。ああいうところが大磯らしい遊びかた[63]だよ。そしていい中《ちゅう》年増[64]の女だ。おじい、鳥羽瀬の女郎だね？」

船頭の久「そうです。あの子あたりは、みえき横丁[65]の板がしらだね」

板がしらとは女郎の斡旋場[66]に名札が出る、その筆頭。つまり一番の売れっ子を指す大磯の通り言葉である。

さて、こちらの舟はさほど急いでもいないので、やっと右手に白船稲荷[67]、左に摩利《まり》支天《してん》の堂[68]がある河岸を見て走ってゆく。

朝比奈「十郎さん、この右が白船稲荷。左が須弥山の四天、つまり摩利支天のある河岸。てわけで、あの御堂が摩利支天。で、こっちに磯井と暖簾《のれん》のかかってる蔵造りの建物が、縄町の連中のやりくりを受け持つ質屋さ」

と講釈をたれるところに、あとから二人船頭の猪牙が奉公人らしい客を乗せて急いで来る。さらにあとから同じように二人船頭の一艘。

あとから来たほうの客が何か船頭にささやくと、船頭は摩利支天の河岸に舟をつけ、一目散に駆けていく。先に行った舟は稲荷横丁の河岸あたりをいくところ。

十　郎「なあ、朝比奈さん、今あの舟はなんであそこに舟をつけて、船頭を陸に上げさせたんだ？」

朝比奈「よくあることだが、あれこそ大磯遊びの肝ってところさ。鳥羽瀬の客だと思うが、あれはな、先に行った舟の客とあとから行った客とが同じ女郎を買おうとしてるってやつだ。あとから来たやつは前のやつのことを見知ってるから船頭を上陸させて走らせ、先に『口を切る』といって予約をさせたのさ。先行したやつは後ろのやつのことを知らないから油断してやがって、どれだけ急いだつもりでも後手になるというわけだよ。後ろの方の舟はいくら遅く着いても、先に予約しておきゃこっちのもんだ。わかったかい？　この『口を切る』ってのは大磯ならではの言葉で、別のあそこ(69)なら『仕舞い』と同じだよ。ともかく、あとから来たやつは抜け目のねえやつだね」

十　郎「感心するね。その道に通じてる。もっともなやりかただ」

団三郎「まるで宇治川先陣の争い(70)だな」

と話すうち、舟はようやく縄町の河岸の桟橋に着く。

(63) **大磯らしい遊びかた**　吉原であれば形式が先に立ち、別の客を送っていった女郎をすぐに連れ出すなどあり得ない、ということのようです。

(64) **中年増**　年増というが、中年増は二十五歳前後をいう。

(65) **みえき**　永木横丁。土橋の子ども屋があった。

(66) **斡旋場**　原文「会所」。吉原などで言うところの「見番《けんばん》」。遊女らを管理するところ。下女は大急ぎで往復し、女郎を売り込んだり引っ込めたりしている。

(67) **白船稲荷**　黒船稲荷です。

(68) **摩利支天の堂**　門前仲町横丁を示す。

(69) **別のあそこ**　原文「青楼」。吉原のこと。

(70) **宇治川先陣の争い**　木曽義仲追討において、源頼朝配下の佐々木高綱と梶原景季が先陣争いをする故事。

朝比奈「だいぶにぎやかだな」

舟の並んでいるのを数えてみて、

朝比奈「こりゃ目当ての女郎が出ていっちまってるかもしれねえな」

だいたい縄町の子どもは数が少ないので、舟の数で客の人数の具合も知れる。子どもが足りなくなっているかどうかを早くつかむのが大磯通の面目だ。

団三郎「あれ、ここに無傷のキュウリが流れついてるな」

船頭の久「それは河童《かっぱ》にやるために流してあるのさ。水難よけのまじないでね」

船頭の久が先に陸に上がり、茶屋に到着を知らせにいくところへ、どうやら「送り」らしく客と子どもに娘分がつきそい、あとから下女が硯《すずり》の蓋のような容れ物におさめる酒の肴《さかな》を丼に盛り、おちょことともに広蓋《ひろぶた》の盆に載せて運び、片手には大きなお銚子《ちょうし》を下げてくる。担当の船頭はそれを受け取り、舟に入る。

船　頭「足もとにお気をつけになって」

客　「清吉、もう何時だ」

船　頭「八ツ(71)をちょっと回ったところでしょう」

そして客も子どもも舟に乗る。娘分も乗り、銚子を舳先《へさき》の方へむける。これは舟が揺れても酒がこぼれないようにとの心づかい。慣れたものである。

と、船頭の久は店に知らせて帰ってくる。

船頭の久「他のお客のところへ出てなさいます」
朝比奈「くそ、頭にくるな。そうだろうそうだろうよ。ま、十郎さん、先に上がんなさい」
十　郎「いや、団三郎さん、先へどうぞ」
団三郎「そんなら、お先に」
十　郎「わ、うわ、こりゃえらいこった。ああ気味悪い。これを早く取ってくれ。襟《えり》にフナムシが這いこみやがった」
団三郎「はい、取りましたよ」

無事に三人、舟から上がる。朝比奈は桐の柾目《まさめ》の下駄をはき、十郎は脇差しを脇にはさみ、三人とも川に小便をする。

船頭の久はゆきよし(72)の貸し布団を肩にかけ、浜本(73)から送りの時に借りてきた煙草盆を片手に下げる。

船頭の久「わたくしはこの借り物を返《けえ》して、おあとからまいります」

(71) **八ツ**　もう一度おさえておきます。午後二時頃。
(72) **ゆきよし**　仲町の料理茶屋、幾吉。
(73) **浜本**　同じく仲町の料理茶屋、山本。

朝比奈「早くきてくれよ」

と言いつつ、夢の戸の脇の細い小路を縄町へ抜ける折から、二階の「枕拍子歌[74]」が聞こえる。

「〽わしがひいきのあの浜村屋、そして滝野屋、高麗屋[75]〜」

歌声に続いて、作り笑いが響く。

「へへへへのホホホホホ、こホホホホ[76]。あーあ、ぽこぽこちんっと」

第二回　剛の者である朝比奈三郎と曽我兄弟の兄十郎、風流な世界に酔いしれて帰宅を忘れる

「暖簾が風にひるがえると店の名が人を招くようだ」とは増穂残口[77]先生の名文にして、「昔の店の名は使う風呂敷に残る」とは源内[78]先生の名言。

さてここ鎌倉の東南、すなわち辰巳《たつみ》の方角の大磯縄町にある、「鶴が岡屋」と大暖簾をかけた茶店のにぎわいときたら、煎り酒[79]の匂いは客という客の鼻を刺激し、料理

場には湯気がけむって深い霧のようである。

　他にも、茶屋に呼び出された女郎の駒下駄を子ども屋に持って帰る「廻し」[80]という雑用係の男がいると思えば、火《ひ》縄箱《なわばこ》に草履を結びつけて提げて歩いてくる船頭もいる。また、声のかかる女郎もいれば、お呼びがかからずに帰る羽織芸者もある。さらに急いで素足で女郎の斡旋場へ走る下女がいると思えば、器に入ったカレイの煮付けの上では細切りの生姜《しょうが》が躍っている。

　と、そこに仲居[81]おいね登場。

(74) **枕拍子**　二人が向かいあい、音楽に合わせて木の枕をとりあう遊び。

(75) **浜村屋、そして滝野屋、高麗屋**　当時の人気歌舞伎役者でいうと、瀬川菊之丞、市川門之助、松本幸四郎の屋号。

(76) **へへへへのホホホホホ、こホホホホ**　なんだ、これは。ここで笑い声の間に「へのこ」を入れるおふざけ。へのこ＝男性器。

(77) **増穂残口**　十八世紀の神道家。

(78) **源内**　もちろん平賀源内。私の大好きなマルチアーティストの筆頭。原文には戯作者としての名「風来（山人）」と書かれている。
　かつて人形浄瑠璃の太夫に「是非読んでみてください」とコピーを渡されたメチャクチャなエロ浄瑠璃（男性器、女性器がそれぞれ勇将となって戦うというもの）を読んで、ますます尊敬の念を深くした。

　『仕懸文庫』執筆の十二年前に没しているのだが、酒に酔って人を殺し、獄死したとも言われている（諸説あり）。エレキテルとか土用のうなぎではすまない激しい人だ。

(79) **煎り酒**　日本酒の煮切りに、梅酢、カツオ節、昆布ダシを加えたもので、江戸時代からある調味料。今でも売っているどころか、流行にさえなっている。
　私も三十年近く使っているが、醤油の近代的な強い味が舌に合わなくなるくらい繊細でさっぱりしている。冷や奴とか、これで食べてみたらもう……。

(80) **廻し**　女郎を子ども屋から茶屋へ送り迎えする者を言う。現在の性風俗でも車での送迎、「廻し」はまだいるわけで、なんだかそのあまりの変わらなさに不思議な思いがする。

(81) **仲居**　原文は「下女」だが、深川ではいわば仲居の役割。さ

鳴海《なるみ》絞《しぼ》り(82)の浴衣《ゆかた》に黒い緞子《どんす》(83)の帯、前掛けは萌黄《もえぎ》色の真田《さなだ》紐《ひも》(84)がついた紺色のかすりだ。扇を帯の後ろに縦に差し、髪は櫛《くし》でぐるぐるに巻き上げた粋な形。

おいね「今日はえらく暑い日だね。あ、ほら、お客が一人延長だ。肴を出し直す(85)よ」

料理番「さっきの蓋に入れて、三種の盛りつけを出しな」

　硯箱の蓋に似た器を洒落てこう言う。

おいね「出来たかい」

　というところへ、廻しが来る。

廻　し「おはくさん、お迎えでございます」

おいね「おはくさんは出直りだよ」

　出直りとは、遊びが終わってすぐによその客の部屋へ入ったことを言う。

廻　し「へい」

　廻しは一人で帰る。

　おいねは客に出すものを持って、二階へ行く。

　入れ替わって来るのは仲居おふさ。

　利休小紋の浴衣、媚茶《こびちゃ》(86)なこ(87)の帯、関東縞(88)まがいの前掛け。

おふさ「横の座敷のお客は茶屋浜本のおなじみだそうだから、先方に知らせて(89)おいてくれよ。あ、和田屋[90]でお見送りをする時に渡す物は積んだかね」
料理番「遅播《おそま》きのトウガラシ[91]じゃあるまいし、間の抜けたことはしねえよ」
おふさ「お、咄嗟《とつさ》にうまいシャレを言うもんだね」
　そこへ料理茶屋ゆきよしの女、さっきから入口に立っていて、
女「ねえ、おひきさんの件はどうしておくんなせえます？　お互いさまのことでございますよ。どうにかしてくだせえ」
　というのは、鶴が岡屋に女郎おひきが呼ばれて来ているのだが、ゆきよしにもおひきのなじみ客が来ているので、ゆきよしの方からおひきをもらい受けに来たのである。

らにいうと、この立場がのちに「軽子」と呼ばれるようになる。なんにせよ、粋なオシャレを競った。

(82) **鳴海絞り**　現在の愛知名古屋市を中心に作られる絞り染め。白く出る模様が爽やか。

(83) **緞子**　絹の紋織物。とはいえ、もちろんいわゆる金襴緞子ではない。シックな黒緞子。

(84) **真田紐**　細く平たい紐。強く、かつ洗練されたイメージ。もちろん男性である私も一本持って、ここぞというときに羽織にビシッとつけております。

(85) **肴を出し直す**　客が遊びの時間を延長するのを「直し」と言い、あらためて酒の肴を出した。とにかくこうして短く遊興する時間の重なりが深川の基本スタイルらしい。

(86) **媚茶**　やや黒ずんだ黄褐色。

(87) **ななこ**　ななこ織り。縦糸・横糸両方を複数ずつ平織りにした絹織物。

(88) **関東縞**　筆で引いたような不規則な細い縦縞で、職人などが好んださっぱりしたデザイン。

(89) **先方に知らせて**　よその茶屋のなじみ客が新しく来ると、元の茶屋に通知する習わしがあり、知らされた方から菓子などが届けられたりもする。嫌みといえば嫌みですね。もめますよ。

(90) **和田屋**　こちらは船宿。

(91) **遅播きのトウガラシ**　時期外れに播いたトウガラシ。そんな間抜けじゃねえや、ということ。

しかし、先日反対にこちらからゆきよしへ女郎を借りにいった時、先方が義理を欠いたことがあって、その意趣返しで話のらちがあかない。鶴が岡屋がわざと女郎を外へ出さない(92)のだ。

おふさ「ええ、今そちらへ行かせるよう申しましたが、うちのお客のお連れあいにちょっともめごとがあるんで、それがすんだらお渡ししましょう。まあ、お店にそう伝えてきなせえ」

女　「そんならお早くよろしくお願いします」

と言いながら外に出て、

女　「ばかばかしい。えらく待たせたもんだ。もめてるなんて荒っぽい言い訳だよ」

と愚痴を言う。それを聞きつけて、

おふさ「気はそりゃ強《つえ》えさ。いけ好かねえ女だ」

と言っているところへ、さっきの三人が来る。

おふさ「あらあら、朝比奈さん。よくお出でで。どなたもさあ、お上がりになって」

娘分のおたきも、

おたき「よくお出でです。お履物を脱いでくんな」

するとおふさは高い調子の声で、

おふさ「お客だよう」
と叫ぶ。朝比奈がはしごを上がりかけて奥をのぞけば、仕懸文庫が十四、五個、三味線箱が五つ六つ。思わず胸がどきつき、
朝比奈「今日はこりゃ、豪勢なにぎやかさだ」
仕懸文庫というのは女郎、つまり深川で言う子どもの着替えを入れて担当の男に持たせる小箱のことだ。仕懸という言葉自体が着物を指すことは、ここの通なら知っているはず。それを文庫に入れて持ち歩かせるのも縄町に限る風俗である。
ゆえにこの本の題名にもしてあるわけだ。
ちなみに、三味線箱はもちろん、音曲をこなす芸者の持ち物である。
さて、三人は二階へ上がって。
おたき「すぐに涼しい場所があきますから、まあここへいらっしゃってくださいな」
そこへおふさが盆に茶わんを三つ載せてくる。
おふさ「ねえ、この頃はなかなかいらっしゃらなかったわね」
朝比奈「忙しくてな。だいぶにぎやかだね」
おたき「このところはこんな感じでございます」

(92) **出さない**　原文は「つってをく」。深川の遊里語。吊ったまま放さないということだろう。

おいね、盃《さかずき》を持ってきて、

おいね「朝さん、よくいらっしゃいました」

朝比奈「おととい、雪の下[93]の堀井町で見かけたぜ」

おいね「はいはい。集金にまいりました」

など言ううち、色々とつまむものが出る。

船頭の久は羽織を着て上がってきており、

船頭の久「おう、ここは風が入りそうもねえ座敷だな。もし、舟にどなたかの煙草入れがありましたよ」

と忘れ物を出す。

おふさ「おじさんもひとつお飲みに[94]ならねえかい。さあさあ、どなたもおひとつ」

盃が回っていくところへ、このへんで仕切りがうまいと評判の、「だんご」とあだなされるおひでがあらわれる。だんごとは、うまく丸めてさばくという洒落だ。

おひで「朝さん、よくいらっしゃいました。でね、どうしましょうね、なじみのお鶴さんはよろしくなくてね。浜本に出てらっしゃるとさ。この鶴が岡屋の中で出てりゃあ、『貰い引き[95]』も出来そうなものだけど」

おふさ「そうだねえ」

朝比奈「まあそりゃ覚悟の上で来たんで、この二人の世話をよろしくしてくだせえよ」
船頭の久「お二人は御初会《ごしょかい》(96)だからな」
　朝比奈、おひでの格好を見て、
朝比奈「いい浴衣だねえ。本国寺《ほんこくじ》の古代裂《ぎれ》の紋様を型にしたんだな」
おひで「こないだお客さんが揃《そろ》いの浴衣をお作りになりましてね。とそれはともかく、今日はもうあいにくだねえ。今さっきわたしらの店からきれいな子が二、三人、鶴が岡屋での勤めを終えて帰ったんだけど、すぐに次の席に出ましてね。まあ手を尽くしてみましょう」
　と行きそうになるのを、
朝比奈「待ちな待ちな。ふむ、そうだな、じゃあ、お鶴と稲吉と魚介《ぎょすけ》(97)を呼んでくれ」

(93) **雪の下**　鎌倉の地名で、そのあとの堀井町は江戸日本橋堀江町を指す。最近超大人気の小網《こあみ》神社のあるあたりだ。
(94) **おじさんもひとつお飲みに**　船頭の行動にうすうす疑問を持つ方々もあったでしょうが、深川では船頭は一定の立場を確立していて、客と店の間をつないだりするちょっとした現場マネージャー的な存在でもあり、なのでこうして座敷にも上がってお相伴などもする。
(95) **貰い引き**　すでに客に買われている女郎や芸者を、別の客が途中からもらい受けるという意味の業界用語。
(96) **御初会**　江戸弁で訛《なま》っているが、もちろん「初会《しょかい》」のこと。十郎、団三郎はいわゆる初めて来た「初会客」。吉原では最初の接触は形式の上でもある程度重要視され（「初会→裏→三会目」と遊びが儀式化されていた）、ここまでは吉原では女郎が客を断ることが出来なかったが、深川では女郎側がひと目見て嫌がればそれで交渉不成立だったそうな。対等。
(97) **お鶴と稲吉と魚介**　ここでのお鶴は女芸者。なのでパーティを盛り上げる芸者二人と男芸者。そういう宴の組立てを朝比奈は思いついたらしい。

おふさ「魚介さんは成田《なりた》へ不動参りに出かけなさいましたよ」
朝比奈「そんなら鬼丈《きじょう》を呼んでくだせえ」
おひで「女芸者の方のお鶴さんなら確か、ゆきよしで羽織芸者として出てらっしゃるね。とにかく斡旋場に誰か聞きにやりましょう」

そんなことをあれこれ話していると、

おいね「出番の板[98]を見てきましたけど、いい子はさっぱりいないねえ。なんとかようやく話を通してお団さん、お虎さんが来るようにしました。お虎さんというのは新子[99]でございますけど、かわいらしい子さ」

おいね、続ける。

おいね「朝さんのためになじみのお鶴さんを借りてこようと思いましたが、間もなく勤めの時間が終わって迎えの者をやる頃だというから、予約だけは入れておきました。で、芸者の方のお鶴さんは今日はいないそうで、鬼丈さんと稲吉さんはすぐ来ます。と、しかし、まあ暑いこと暑いこと」

おいねは帯の後ろに差した壬生《みぶ》狂言[100]の絵の扇を取って、胸のあたりをあおぐ。

朝比奈「おいねでなきゃ話がつかねえな」
おいね「また、あれこれ文句をころがす方の『だんご』[101]だね。あきれたもんだよ[102]」

船頭の久「そういや、おきさんはどうしてる？」
おいね「稲村が崎の鯛門屋(103)へ行きやしたよ」
朝比奈「休暇かい？」
おいね「いいえ、おきさんは商店の人じゃございませんから」
など言っていると、呼ばれた女郎が入ってきかかり、まずは障子の破れ穴からのぞいてくる。
これは「差し合い(104)」と言って、つまりお断りしたい相手かどうか、念のため確かめ

(98)**板**　たとえば今も芝居や寄席の楽屋裏にある板のように、その場に入った者が名前を下げ、ひとめで出席か欠席かがわかる。あれはしみじみ長い伝統なのですね。

(99)**新子**　新人。特に深川で使われたワード。

(100)**壬生狂言**　壬生寺で今も演じられる狂言。珍しく京都の話題……と思うと、それが寛政二年（一七九〇年）に深川永代寺で京都から弁天の出開帳があり、それにともなって壬生狂言の舞台があったのだそうです。で、それをモチーフにしたグッズが流行したそうな。

(101)**だんご**　こちらのだんごは、「うまくころがして文句を言う」と京伝の弟・京山による注にある。当時でさえ、注が要るほど細かい情報だったのだ。

(102)**あきれたもんだよ**　原文「ついぞねえ」。かつて一度もないという語義から転じて、あきれたもんだ、という深川語。

(103)**稲村が崎の鯛門屋**　深川の海辺にあった州崎を、鎌倉稲村ケ崎に置き換える。あの桑田佳祐監督作映画『稲村ジェーン』の地に。
　そして深川に実際あった料亭大紋屋を鯛門屋と洒落る。これまたサザンオールスターズが所属する「タイシタレーベル」を思わせる名前だ。これ、偶然かな。偶然ですよね、さすがに。

(104)**差し合い**　遊女は初回、障子の穴から客を見て、相手をするかどうかを選べた。この点、「初会、裏、三会目」と廓の形式を重んじる吉原ではあり得ないことであった。のちの風俗店で、客が女性を「チェンジ」することと真逆のシステムが深川にはあったことは強調しておきたい。

るのである。

おいね「さあさあ、みんなお入りなさいまし」

　言われて二人は座敷に出てくるのだが、お虎はまだ年端もいかないので先にされる。この遊里には上座も下座もなく、ただ先に出るのを嫌がるため、いつでも若い方が先頭にされるのだ。気をつけて見ていればわかること。

　お虎は十七歳ほど。紫の絽の生地の単衣で、双葉葵[105]を東《あずま》模様[106]にしてつないだ振り袖。紋は五三の桐[107]で、横の布目に沿って糸を渡した絓《すが》縫い[108]で模様を浮き立たせる。

　着物の中は板で挟んで染めた緋色の衣、帯は茶色の緞子、髪型は鬢《びん》をふくらませ、髷《まげ》の真ん中で髪を巻く流行の形「天神」を、さらに片方工夫する「かた天神」[109]で、鼈《べっ》甲《こう》の櫛を挿して留める格好。とにかく縄町だけに人柄のいい娘だ。

　一方、お団は二十歳くらい。姿に凝って、柿色を薄くした[110]丹後縮緬《ちりめん》の単衣で、紋は桔梗《ききょう》、こちらは留袖。中は緋色の縮緬の長襦袢《ながじゅばん》、帯は極上の黒繻子《じゅす》で一重に結んでだらりと下げ、髪はぐるりおとし[111]の〝つり舟〟で、挿した細工物もよっぽどいいものだ。惜しいことに薄い眉を墨でなぞっているのだが、ともかく最近衣装が出来たばかりらしくそれらはどれも立派なこしらえ。

　さて、盃を交わすお決まりの儀式があって、お虎は十郎、お団は団三郎と相手が決まる。

そこへ女芸者が三味線箱(112)を持ってくる。

大磯では三味線箱の端のところに紋を付けるのだが、それは斡旋場で見て素早くわかるからである。

船頭の久「お前さんたち、ちょっとこっちへ来てみなせえ」

朝比奈「お、おじい、隣の格子造りの建物はなんだい」

船頭の久「あれが男芸者の事務所さ」

そこへまさにその男芸者たち、鬼丈、通次、稲吉が来る。鬼丈は一座の顔をちらり

(105) **双葉葵**　葵の葉が双葉になった模様。

(106) **東模様**　江戸褄模様。褄の部分に模様がある。

(107) **五三の桐**　桐の葉の上に花が伸びる。高貴な家の紋。

(108) **絓縫い**　繭の外側の少しけばだった部分を使うらしい。柄に立体感が出る。そしてほつれに見えないようにする技術を要するだろう。

(109) **かた天神**　調べきれないが、「天神」は深川の遊女に流行したという、銀杏返しに似た髪型。おそらくそれを片方変化させたものだろう。

糸の縫い方とか布などは物質として残るが、髪型は記憶の中に消えてしまう。絵に残るものも細かくはない。ファッションの素敵なはかなさ。

(110) **柿色を薄くした**　原文「やまとがき」。少しくすんだ明るい橙色。

(111) **ぐるりおとし**　江戸後期の流行ヘアスタイルのひとつ。挿した簪などを抜くと、ばらばらっと髪がほどける。これは今でもかっこいいよなー。お虎に比べて意識的にお姉さんファッションだ（だが、「つり舟」がどんなバリエーションだったかは資料が残っていないらしい）。

(112) **三味線箱**　三味線は見事にバラせるようになっていて、コンパクトに箱に収納して持ち運べる。そして使うときに出して手際よく組み立てられる。つまり旅の楽器であり、着いた先の座敷に出現する楽器だ。

と一度見て、

鬼　丈「これは朝比奈さん、こんにちは」

通　次「えびすの宮以来でございます」

　えびすの宮は麦飯で有名な茶屋だ。

朝比奈「そうだっけかな」

通　次「団三郎さん、よくいらっしゃいましたな」

団三郎「そういえば、この頃は本蔵《ほんぞう》のほうはどんな具合で?」

　通次がたびたび虚無僧《こむそう》姿で施しを乞う遊びをするので、『忠臣蔵』の芝居の中でまさにその格好をする加古川《かこがわ》本蔵に懸けてそう言ったのだ。

通　次「いや、それ、言わないでくださいよー」

朝比奈「なんだよ、殊勝そうに」

稲　吉「なあ鬼丈さん、おめえの髪は夏どんにやってもらったのか。ずいぶんいいぜ」

　縄町の連中はみな、この夏というのに結わせている。

鬼　丈「惚れたかい」

稲　吉「ふう、やるせないほどになってな。それはともかく朝さん、こないだ鶴ケ岡の今本[113]で、お名前が出ましたよ」

朝比奈「稲村が崎の白軒(114)のところへも近いうちに顔を出さないとな」

など言う間に、色々趣向があり、稲吉はちょっとした曲をひとつ弾き、終えてバチを帯の後ろへ差す。

折から、客二人が隣座敷に。

一人は近江屋小藤太、四十四、五歳ほど。さんとめ縞(115)の単衣に、やはり裏地のない絹の羽織は通し小紋(116)、帯は縞の入った紬で、上等な酒屋の買いつけ担当と見える風。

もう一人は八幡屋三郎兵衛。二十七、八歳で強そうな男。栗梅《くりうめ》色(117)の木綿の単衣、甲《か》斐国《いのくに》の太織り帯は花色(118)、模様入りの毛氈《もうせん》風の木綿で出来た前かけをたたんで肩にかけ、仕事で使う木の釘を髪に挿して(119)いる。鎌倉行逢川《いきあいがわ》(120)の酒屋、江戸で言えば五軒店《ごけんだな》あたり

(113) **鶴ケ岡の今本**　富ヶ岡八幡宮境内の料理茶屋、稲本。

(114) **稲村が崎の白軒**　深川州崎の誰か、おそらく遊び人。

(115) **さんとめ縞**　外来もの、いわゆる「唐桟」。もともとマドラス近くにある「サントメ（セント・トマス）」から渡来した木綿の織物の縞。ちょっと太めの色違いの縦縞で、いわばエキゾチックなおシャレ。

(116) **通し小紋**　彫られた伊勢型紙で染められ、細かいので遠くからは単色にさえ見える。江戸小紋のうち「鮫小紋」「行儀小紋」と並んで三役と呼ばれ、要するに高級感のあるファッションョン。

(117) **栗梅色**　濃い赤茶色で栗色がかる。『色道大鏡《しきどうおおかがみ》』（一六七八）によれば、遊廓の客の小紋羽織の色に最適だそうだ。

(118) **花色**　ピンクのように思いがちだが、青。それもブルーグリーン。これが様々な文化的表象を持つことは、拙著『夜を昼の國』に幾つか示してありますので、どうぞ（例えば『新版《しんぱん》歌祭文《うたざいもん》〔いわゆるお染久松《そめひさまつ》〕』で三角関係になってしまう「おみつ」が花嫁衣装として用意していた着物の色だったりする）。

の若い衆のよう。こちらは今日、予備の蔵から帰ってきたところだろう。

三郎兵衛は尻をはしょり、座敷の床の間へ無作法に腰をかけている。小藤太は立っている。そこにおひさが茶を持ってくる。

といきなり、三郎兵衛はおひさに抱きつく。

おひさ「そんな。悪ふざけはよしてくだせえ」

三　郎「やかましいわ」

おひさ「今日は蔵出しかい。小藤太さん、どこで三郎さんと落ち合ったんです?」

小藤太「翁そばから一緒に来たんだよ。だいぶにぎやかだな」

おひさ「ここを入れて、埋まっている座敷が五つさ。で、今日は誰を呼びなさる?」

三　郎「ちちぶ屋のおシゲを聞いてみてくれ」

小藤太「あと、芸者を誰か」

おひさ「太夫衆[121]か、羽織衆?」

三郎兵衛は筒形の茶わんを向こうへころころ転がしながら、

三　郎「羽織だよ羽織。どうせなら、おみんがいい」

おひさ「空いてればいいけど。まあ、下で板を見てきましょう。小藤太さんにも誰かきれいな子をみつくろってきましょうね。この頃はこういう混んでる日と、そうかと思うとぐっと暇な日があるから、うっかり買いこみも出来なくて手こずりますよ」
買いこみというのは、当てもなく茶屋が女郎を呼んでおくことだ。
三郎兵衛は壁の向こうにかかっている朝妻舟《あさづまぶね》(122)を画題にした絵を見て、
三　郎「なんだ、この絵は。烏帽子をかぶって舟に乗ってるこれ。お内裏さまの舟饅頭(123)ってわけか」
おひさ「好きなこと言いますわね、ほんと」
と座敷を出る。
そこへ娘分の八重が盃を持ってくる。
三　郎「今日は荷が少ないのに、手間がうんとかかったぜ。『うわつき』のあるやつは全部足さなきゃならなかったし、『香つき』は直し屋に出して」
うわつきとは量の足りない樽、香つきはよくない香りのついた酒のことだ。

(119)（119ページ）**木の釘を髪に**　こういうすかしたカッコよさは普遍なんですね。仕事道具をファッションに使って見せるやつ。
(120)（119ページ）**鎌倉行逢川**　極楽寺の南の川だが、江戸霊岸島新川を指すらしい。
(121)**太夫衆**　男芸者。
(122)**朝妻舟**　近江の朝妻、あるいは浅妻の渡し舟の上に、平安装束を着て烏帽子をかぶった遊女が乗っている姿を、江戸時代中期に英一蝶《はなぶさいっちょう》（画家であり俳人であり、なんと入り浸った遊廓の中でタイコモチでもあった。はい、江戸のマルチ性のシンボルの一人ですね）が描き、絵画、文芸、芝居のモチーフになった。
(123)**お内裏さまの舟饅頭**　皇女を、舟を利用しての下層の性風俗に重ねてしまう。三郎兵衛の無頼漢ぶりが炸裂。

三　郎「ちょっとでも通用しそうなのは、誰か来たら『門前』にして売っちまおうと思って」

門前とは叩き売り[124]にすること。ただし叩くのはもともと商売成立で両者が手を叩くことだ。これらはみな酒造業界の用語である。

三　郎「それはそうと、ここの店へ北条の親方が来るんじゃねえか?」

八　重「いいえ、わたしどもにはおいでになりませんよ」

三　郎「そんなら、化粧坂[125]へばかり行ってるんだな」

小藤太「よお、サブ公、上方からの船が来たにしちゃ、酒がだいぶ高《たけ》えな」

三　郎「『下地が乾いてる』、つまり品薄ってことですが、安くは売りますめえ。なんか、お買いになったんで?」

小藤太「『雁新』[126]の酒をちっとばかりな」

三　郎「どのくらい出して?」

小藤太、三郎の袖に手を入れ、

小藤太「このくらいさ」

と相手の指を[127]どういう風にか握る。

三　郎「手頃な値だ」

八　重「さあ、おひとつ、おあがんなさいまし」
　三郎、一杯受けて飲み、舌打ち。
三　郎「こいつはひどく甘えな。『お寺』か『素山』だろ。『滝の水』があったらちょっと水で割ってくれ。とはいっても、『三河』に水を入れちゃ困るぜ」
　三河下りの酒を水で割ると(128)『剣菱《けんびし》』みたいになるので、そんなことを言う。
小藤太「素人にそんなこと言ったたって通じるもんか」
　ひさ、そこに来て。
おひさ「ねえ、サブさん、お京さんが前のお客が終わって空いたって『夢の戸』から連絡が来たけど、お前さんの心づもりがわからないから、吊っておいてきました。どうしようね」
三　郎「いやいや、あいつを呼ぶと、あとが面倒なんだよな」
おひさ「そんなら、予約を取り消してこなきゃならないね」

(124) **叩き売り**　そうか、叩き売りの叩きは商品の横を威勢よく叩いてる「フーテンの寅」的なバナナ売りでなくて、売買成立で両者が手を叩く酉の市なんかでの熊手売りのあの様子から来てるのか。
(125) **化粧坂**　鎌倉の地名を使って、深川のどこかを指す。
(126) **雁新**　酒問屋の名前だろう。
(127) **相手の指を**　様々な市場で今もやっているセリの、各業界しかわからない符牒を示して見せてる。
(128) **水で割る**　原文「水をかめる」。水を入れることを酒屋の通言として言った。

とまた出て行く。「吊っておく」とは前にも出てきたが、斡旋場が茶屋に客の意向を聞いてくる間、他の客のところへ行かないようにちょっとの間だけ予約を押さえておくこと。大磯は煙草一服の間を争う世界だから、そんなことがある。

というち、あちらの座敷にはお虎、お団が着替えて登場。

お虎は小紋の入った桑茶色[129]の縮緬の単衣。

お団は一度水に通したという、青みがかった灰色の越後上布。これは床の中で着るのと、茶屋と子ども屋の間を行く時に着るのと兼用である。

二人ともに「掛け香[130]」の紐を胸のところで十文字に締め、鼻紙入れを上質のふところ紙で巻き、帯の前へ縦に挟んでいる。

通　次「よっ、早替え。たいしたもんだ」

　早替えとは、歌舞伎の用語だ。

虎・団「誉め過ぎよねえ[131]」

使用人の女「さあ皆さん、ちょっとあちらへ」

鬼　丈「なるほど、ちょこっと舞台を回して大道具小道具を変えるってのはいい」
　とそれぞれ立ちあがるところへ、朝比奈が呼びたかったなじみのお鶴の方も無事来て、なにやらひとつ捨てぜりふ[132]があり、結果向こう座敷へ出てくるのは床の用意。

鬼丈・通次・稲吉「じゃ、さようなら。ごきげんよう」
朝比奈・十郎「ごくろうさん」
と、互いに移動する廊下で、
鬼　丈「よう、青砥屋の久公、そっちの釣り銭がたまったら、俺もちょっと海の方の遊女屋へ付き合うぜ」
船頭の久「この頃はそんな元気はないさ」
通　次「嘘つくなよ」
と、言いながら階下へ行く。
釣り銭は船頭のふところに入る仕組み。ためておいて、それで海、すなわち深川七場所のひとつ、鶴ケ岡八幡宮(133)の向こうにある「四六みせ(134)」へ行くのだ。

(129) **桑茶色**　桑で作った茶のように、赤みがかった明るさを持つ黄土色。
(130) **掛け香**　香を入れたふたつの小袋を紐でつなぎ、首に掛けて袖の中などに入れたもの。だんだん座敷の中が色っぽくなってくる。
(131) **誉め過ぎよねえ**　原文は例の「ついぞねえ」。
(132) **捨てぜりふ**　場に合わせての即興のせりふ。主に場の転換の直前などに決めるとカッコいいやつ。今でも芝居の世界で使う言葉。
　このあたりは「とど」（とどのつまり、すなわち「結局」）とか、「床がまわり」と歌舞伎用語尽くしで京伝先生遊んでます。
(133) **鶴ケ岡八幡宮**　しつこいようだがもちろん鎌倉の八幡宮ではなく、深川の八幡宮。その向こうの海側にある佃町の遊び場、この深川七場所のひとつを「海」「海手」「あひる」などと呼んだそうだ。
(134) **四六みせ**　昼六百文、夜四百文の最下級の女郎屋。おおざっぱにいって当時の四百文は一万三千円ちょい。

また、男芸者は床が用意されるとすぐ帰るのだが、羽織芸者は迎えの声がかかるまで下の階で待っている決まり。大磯の習いとして、八畳敷きに屏風で仕切って背中合わせに三組。

実際は子どもを呼び出すことが多いとはいえ、縄町では芸者衆も売色[135]することがあるという建て前なので、それを管轄する茶屋が夜具を担当することになっており、ゆえにあまり上等ではない。

厚く貼り合わせた紙に渋を塗ったような、まるで味噌せんべいみたいな麻のふとんに寝ござを縫い合わせた、いわゆる「比翼ござ[136]」を敷く。上に掛けるのは麻で出来た夏の夜着[137]に、枕は店の名の焼き印を捺した安物の固い木の枕である。

さて、朝比奈たち三人の方の床だが、使用人の女は各自の羽織を下へ持っていき、それぞれに代わりの貸し浴衣を出して着せる。

朝比奈「十郎さん、もう寝たかい」

十　郎「いやまだだ。なんでこんなにふとんがよくないのかね」

朝比奈「ここは茶屋の出す床だからダメなのさ。『鳥羽瀬』なんか女郎が持ってくるから、板締めで染めた模様があるよ。だから夜具の包みの端に付いてる札[138]を見りゃ、そこにどの女郎が寝てるかわかるってもんだ。いやしかし、なんともふとんが蒸し暑いな。極楽なんだけど塩風呂、みたいな複雑なもんだぜ」

団三郎「そりゃうまいことを言う」

　そんなことを話していると、お虎が来て鼻紙を取り、枕へ当てると十郎のキセルを借りて、裏側にボタンの付いた亀甲形の煙草入れを帯の間から出し、「うすまい(139)」を詰めて吸い付けて差し出す。と、使用人の女、筒形の茶わんに二人分の茶をくみ、指でつまんで煙草盆に置いていく。

　お虎は十郎をまんざらとも思っていないので、帯を解き、萌黄色をした真田紐の腰紐を結んだだけの状態になって横たわる。だいたい決まりとして、一回目には帯も解かないというのだが、そこは相手次第なのである。

お　虎「ねえ、なんだかいい感じにじれったいよ」
十　郎「おめえ、じれったいって言葉をどこで履き違えてきたんだ」

(135) **芸者衆も売色**　ここでも羽織芸者を対象とする買売春の話が出てくる。
(136) **比翼ござ**　比翼連理とは男女の深い契りのことだが、ここでは安物の夜具が張り合わせられて離れない。
(137) **夜着**　着物の形をした掛けぶとん。体のラインに合っているので隙間が出来にくい。
(138) **女郎が持ってくる**　鳥羽瀬こと土橋の店では夜具を風呂敷で包み、女の名前を札に書いて付け、係の男つまり廻し、吉原でいう「妓夫《ぎゅう》（牛）」が茶屋に運んできた。
(139) **うすまい**　薄舞。丹波は山本で作られた上等な刻み煙草。それにしても薄舞とは煙の様子を思わせて見事なネーミングだ。

お虎「茶化してばっかり」
十郎「ふむ、おめえは若そうだが気が利くな」
お虎「とんでもない。あんたがた『革』とは違います。こっちは『お召し』さ」
　革とは革羽織[140]、お召しとは羽二重[141]のことだ。
十郎「えてして、こんなやりとりから恋に病みつくもんだぜ」
お虎「いえ、あたしらみたいな人間が恋だなんて、どうしたって及びもつかねえこと。猿猴《えんこう》の月とか言うじゃない？　水に映った月を取ろうとして死んじゃう猿」
十郎「ずいぶん物知りだな」

　さてその向こうでは団三郎とお団が床の中。さらに隣は朝比奈とお鶴で、なじみだけあっていい雰囲気なのだが、あれこれやりとりが多過ぎるので略す。

　と、そんな時、別の座敷では上方から来たと見える物好きな客が、やたらと秘密ごとを聞きたがる様子。

客「なあ、呉服店関係となると、どないな通り言葉[142]があるんか、少し言うて聞かせてんか」

船頭「呉服店の連中が遊びに出るのを『出番』と言いまして、正月二月六月八月ってとこさ。それから商人《あきんど》衆の業界用語だと、不始末起こして上方へ戻される、つまり

『つけのぼせ』になるのを『つけ衆になる』と言いますな。さらにそれを洒落て『浅《あさ》黄《ぎ》のもも引き松坂縞(143)』とも言うね。

それから『床の支度が整う』ことを大の字とも、ランチ(144)とも言いやすし、金一分を『ナル升一《ますいち》』、あるいは『シンヲいち』とも言いましてね。

それを言うなら、酒を『ヘル(145)』、よい女郎のことを『ト一《いち》(146)』、悪い女郎を『くはをり』、芸者のことを『かわ(147)』と申しますな。まだまだ色々ございますが、くわしくは言えませんや」

客　「こりゃ、えらい穴(148)を教えてもろうたわ。ハハハハ」

など無駄話をするうち、ずいぶんと時は経ち、朝比奈、十郎、団三郎の三人は起き

(140) **革羽織**　主に鳶《とび》や火消し、職人が着た。今でも冬の下町などでは鳶の頭《かしら》たちの年季の入った革羽織を見る。転じて、ここでは荒っぽい現場に慣れているような人を指すようだ。

(141) **羽二重**　そっちは革羽織、私たちは繊細な羽二重。そういってあどけなさをアピールするお虎。言葉のテクニック。

(142) **通り言葉**　仲間内の通言。原文「穴」。それ自体が通り言葉だ。

(143) **浅黄のもも引き松坂縞**　そういうなりでしょぼしょぼ帰る手代などの描写なのだろう。ちなみに松坂木綿で、ぱっと頭に浮かぶのは紺と黒と薄青の縦縞が入った「滝縞」あたり。確かに文楽などで商人が着ているイメージだ。

(144) **ランチ**　ここの意味がよくわからない。不明。

(145) **ヘル**　このへんもうちうちの言葉だからわけがわからないのは仕方がない。酒は飲んでしまえば減るからか？「ナル」も「シンヲいち」も相当に秘密めいている。

(146) **ト一**　これはわかっている。足すと「上」の字になる。「くはをり」は不明。

(147) **かわ**　三味線の皮で芸者をあらわす換喩でしょうかねえ。

(148) **穴**　内輪の言葉。

て床を出る。お相手の三人は階下へ行く。

朝比奈「なあ、十郎さん、このまま日暮れまで[149]いちゃまずいかい」

十　郎「よくはねえが、おめえがいるんならどうしようもねえ」

朝比奈「もし気に入らないんなら、あの子を下げて他のを呼びなよ」

十　郎「いや、あの子はまんざらでもねえよ」

朝比奈「そうだろうとニラんではいたぜ。よお、団三郎、てめえも床の中でしっかり台本通り口説いていたな。その芝居、うまくはまったようじゃねえか」

団三郎「何言ってんだ。俺はただトロトロと流れのままやらかしただけでね。芝居なんぞと言ってくださんすな。評判[150]にかかわります」

十　郎「ちなみに朝比奈さん、ここだと男芸者はいくらだい？　やっぱりよそと同じかな」

朝比奈「いやなに、男芸者は一分[151]さ」

十　郎「で、鳥羽瀬の芸者もここへ呼べるもんかね」

朝比奈「そりゃ鳥羽瀬のをここへも、ここのを鳥羽瀬へも呼べるよ。そのかわり一ト切りが二タ切りという計算になる。それと、ここじゃあ子どもとか羽織と言うが、鳥羽瀬だとやっぱり女郎、芸者と言うね。そんなことより、まだよそにねえ妙なことがある。鳥羽瀬の『みえき』あたりじゃあ、子ども屋へ来る女髪結いのほかに、襟足ばかり整える女がいてね。それでやっていけるのさ。そいつを襟のおばさんと呼んでるね」

十　郎「へえ、変わったことだね」

と話しているところへ、船頭の久が来る。

船頭の久「さてさて、どういたします?」

朝比奈「もう一ト切り、いるつもりだ」

船頭の久「それもようございましょう」

朝比奈「稲吉も、もう一度呼んでくだせえ」

そして小声になって、

朝比奈「おじい、お鶴は顔のほうはなかなかだが、棒みたいな面白みのない女だぜ。軽焼き煎餅を潮汁に入れたみたいに、ぐにゃぐにゃと歯ごたえがねえ。次はまた遊び場を変えよう」

(149) **日暮れまで**　落語などでも出てくる「居続け」。短い遊びを主とする深川よりも、バーチャルな夫婦ごとで戯れる吉原に向いている気がするが。

(150) **評判**　原文「身の上」。当時の役者が使った通言で、世間の評判や体面を言う。芸能界で最も気にされるものは今と変わらない。

(151) **一分**　女芸者が一ト切りの単位で銀十二匁なら、男芸者は金一分、銀十五匁。男の芸が高かった。

船頭の久「あんたみたいに飽きっぽいお客は見たことがねえよ」
団三郎「いつもの冗談でしょうって」

そこへ三人の女、浴衣に着替えて登場。

お鶴は木綿縮み[152]の縞の浴衣。お団は鳥羽瀬の八幡屋が染めさせた「鳥羽瀬絞り[153]」の一着。お虎は鯛丸[154]が仕入れたしぐれ小紋[155]。

女芸者稲吉も来て、あらためての肴が出る。朝比奈は折にふれて料理番に小遣いをはずむので、店も出すものには気を遣っている様子。場はまた盛り上がって、盃は回り、娘分や下女など入れ替わり立ち替わり来るのだが、そこは略す。

稲　吉「ねえ、朝さん、近いうちに芝居へ連れていってくれません?」
お　鶴「ほんとほんと、わたしらも行きたいよ」

と言いながら帯へ手をはさむ仕草は、まさしくこの遊里のクセである。

そこへ下女が手紙を持ってきて、稲吉に渡した。稲吉は開いて見る。床で使う高級な紙[156]に、紅で何か書いてある。

団三郎「何か面白そうな展開だな」
稲　吉「いいえいいえ、姉妹分《きょうでえぶん》から来たのさ」
お　鶴「ああ、名前に濁りの付いた人[157]だね」

稲　吉「そうそう」

朝比奈「そうやって仕草で示す符牒も古い古い。よせよせ」

など言い合っているが、お虎とお団は初めてなので黙り込んでいる。

朝比奈「よう、おじい。この頃の鳥羽瀬はどうだ」

船頭の久「あっちもにぎやかだね。ゆうべもお客を連れていきやしたが、船頭の部屋までふさがって、他に座敷がねえんで帰ったくらいで」

団三郎「そうだったのか、青砥屋、燗《かん》がちょうどできてる。ひとつ飲みねえ」

というところへ、

おひで「朝比奈さん、おめえさんは甘党だからお茶で召し上がっていただけるものを用意しました。さあ、ひとつお取りなさいまし」

と、器に越後屋(158)の松風煎餅、こはく餅、きぬた巻きなどを積んで出す。

(152) **木綿縮み**　木綿で出来た縮み。緯糸だけに強い撚《よ》りをかけるので、いわゆるクレープ（独特のシワ）が出来る。ステテコに使う生地ですね。

(153) **鳥羽瀬絞り**　土橋の染め物屋のオリジナル商品。なので正しくは「土橋絞り」と名付けられていたようだ。

(154) **鯛丸**　京都に本店のある大丸のこと。

(155) **しぐれ小紋**　時雨を間のあいた細い線でサッとあらわす小粋な小紋だろう。

(156) **床で使う高級な紙**　奈良吉野で作られた、御簾のように透き通った閨房用の紙。今なら高級ティッシュというところ。

(157) **名前に濁りの付いた人**　読者の何人かにはわかったのだろうか。内輪ネタにもほどがある。

(158) **越後屋**　深川仲町の越後屋播磨と調べはついているらしい。続く菓子についても知られている、松風煎餅は今も様々に存朝比奈「こいつはありがてえ。越後屋の松風煎餅ときたら、竹村のモナカの月[159]と張りあう菓子だ」

お鶴は朝比奈の耳に口をつけ、

お　鶴「ねえ、今日はどうぞ、子ども屋からの廻しに心づけをやっておくんなせえし」

朝比奈「承知承知[160]」

第三回　雇い主舞鶴屋の伝三《でんざ》、遊女をあわれんで説教の巻

恋と情けの深い場所で、中裏[161]と通に知られるは、裏の借家の細い道に、軒を連ねる子ども屋が、並べた棟は櫛の歯[162]を、次々挽くかの人出入り、絶えず聞こえる駒下駄の、音は寄せ場[163]に鳴り響く、そんな中でも「鶴」という、文字ちりばめた竹簾《すだれ》、かけた店なら舞鶴屋、伝三《でんざ》と名乗る子ども屋である。

門では居候[164]が総銅壺[165]を磨いている。そばには「鳥屋《とや》[166]」の状態の女郎らしき女が七輪で煎じ薬を煮出しており、近くの「子じょく[167]」、すなわち子ども屋で働く女児が金魚

鉢の水を替えているところ。
そこに鎌倉は朝夷《あさい》奈切通《なきりどおし》に住む人身売買業者、いわゆる「判人《はんにん》」(168)の長谷《はせ》観六《かんろく》が来る。

観　六「親方はいるかい」

居　候「あい、おられます」

亭主伝三は『通俗水滸《つうぞくすいこ》伝《でん》』(169)を読みかけて昼寝していたが、目をさまして、

伝　三「おお観六さん、おいでか」

観　六「ちょうど、いい奉公人がありますんで来ました。まだ素人(170)だが、『通り』はい

在している菓子松風の煎餅状のもの（俺は浅草『亀十』の、黒糖入りの蒸しパンみたいな松風が大好き）、こはく餅は寒天で出来た透明な餅菓子、きぬた巻きは小麦粉に砂糖を入れて水でこね、薄くやいたもの。
　どれもすでに今の和菓子を思わせる。食べてみたい。

(159) **竹村のモナカの月**　吉原の菓子屋、竹村伊勢で売られた名物だそうだ。これもすでに完成された和菓子と推測。

(160) **承知承知**　このひとことでいきなり第二回が終わる。このへん、ドキュメント感の強い書き方だ。

(161) **中裏**　深川仲町の子ども屋があったエリア。

(162) **櫛の歯**　櫛を作る時に並んだ木を次々と削る様子のように、人が出入りする。このあたりの比喩ももはや注としなければならないのか、と自分の年齢を思う。

(163) **寄せ場**　斡旋場、会所。語呂に合わせてここは「寄せ場」のままにしてあります。

(164) **居候**　下男がわりに仕事を担う同居人。

(165) **総銅壺**　すべて銅製のかまど。

(166) **鳥屋**　鷹などを羽の抜け替わる時期に小屋に入れておくことから、梅毒の療養中のこと。

(167) **子じょく**　小職とか小童と書く。見習いで雑用をした女児。とはいえ岡場所での見習いだから、将来女郎になるのである。吉原なら「禿《かむろ》」。

(168) **判人**　女郎の身売りの証人。つまり女衒。

(169) **通俗水滸伝**　岡島冠山《おかじまかんざん》の訳した『水滸伝』、正しくは『通俗忠義水滸伝』。これが日本語で読まれた最初の『水滸伝』である。一七五七〜九〇年とされているから長い年月をかけて、中国語学者・岡島があの大著を我が国に紹介した。

(170) **まだ素人**　原文「突出し」。初めて女郎になることを言う。

いし、『身のしねえ』なんかもえらくいい女でね」

「通り」とは鼻すじ、「身のしねえ」とは身のこなしや見かけのこと。すべてこの道の専門用語だ。

伝　三「この頃、奉公人が欲しいところではあったが、よくない男(171)でもついていねえかい」

観　六「いやいや、身元はよく調べて来やした。いざこざのねえ女さ。ほらこの頃、おたくで一人お取りになったじゃねえか。親がちゃんとハンコを捺した(172)女かい。保証(173)人は誰を入れなすった？」

伝　三「いや、二人取ったんだが、聞いてくれよ、一人は四、五日使っただけで『陰《いん》腹虫《ばらむし》』を病み出す。もう一人は『髪鳥屋《かみどや》』で引っ込んだままさ」

女郎になりたての女はよく「陰腹虫」という腹痛になるものである。これは布海苔《ふのり》を煎じて飲ませる。また「髪鳥屋」というのは、梅毒にかかって髪が抜けること。

伝　三「で、そっちの奉公人ってのはいくらくらいで売るんだ？」

観　六「五年の年季で金五十両くらいだね。明日あたり見てみなせえ」

伝　三「うーん、明日は決算日でな」

観　六「惜しい奉公人だから、俺も早く取らせてやりてえんだぜ」

伝　三「よその借金を済ませてからの奉公(174)じゃあなくて、すぐに勤めるんだな。それに親が承知してる判が欲しい」

観　六「番場屋の忠太(175)のところの奉公人だが、なんなら親判だけでなく、お渡しいたしますの添え証文を親から取ってきてあげやしょう。そのかわり交渉がうまくいったら、『かげ(176)』を少しばかり付けてくださいよ」

「かげ」とは裏でもらう金のことだ。

伝　三「そりゃ、どうとでもしよう」

観　六「そんならおめえ、相手を見たら『むなぐら』の五両も出してくんなせえよ」

手付金のことを「むなぐら」と言う。これもこの世界独特の言葉。

伝　三「とにもかくにも、くれぐれもよく調べといてくれよ」

観　六「心配しなすんな。調べに如才はねえ俺だから、『ふみ玉(177)』なんかつかませやし

あの料理屋の「突出し」、ここから来てるんじゃなかろうな。どちらも最初に出てくる。

(171) **よくない男**　原文では「悪い足」。ヒモだの足だの、体に付いて離れないものを符牒にするのだなあ。

(172) **親がちゃんとハンコを捺した**　原文「親判」。信用度が他より高いのだろう。

(173) **保証人**　原文「よび出し判」。何かあったら呼び出されるのが保証人。

(174) **よその借金を済ませてからの奉公**　原文「仕切りあけ」。女はこうして売られ続ける。

(175) **番場屋の忠太**　こちらも曽我兄弟の物語に出てくる敵役、番場の忠太を仮名に使う。もう機械的に使う。

(176) **かげ**　秘密の専門用語のわりに、「かげ」じゃすぐばれる。

(177) **ふみ玉**　踏み玉だろうか。確かにビー玉なんか落ちててうっ

ませんぜ」

と観六は帰る。「ふみ玉」はあとでいざこざの起きる奉公人のこと。

さてそんな時に伝三の抱え[178]の子ども、つまり女郎のお蝶[179]が二階からお手洗いにおりてくる。

伝　三「お蝶、ちょっと来てくれ」

と、奥の障子をしめ、二人差し向かいになって、

伝　三「他のことでもねえが、てめえがあの曽我の五郎とかいう客を自分から呼んでいるのはとうに聞いているから、仲を裂いてよけりゃ五軒の茶屋に手を回して会わせねえことも出来るが、他の子どもにゃ聞かせられねえことだ。あたりの子ども屋で一番よく働いてくれたてめえだから今まで大目に見ていたが、この頃は客に『さし[180]』をついて断ったり、客の前で寝ていたりと茶屋の評判も悪いし、黒木屋[181]の客とも関係を切ったそうだな。聞けばその五郎とかいういい仲の客も、親に勘当されているそうだが、もしもいずれはああしようこうしようとてめえが考えているのなら、もう一年辛抱して俺にちょっとは安心をさせてくれ。こっちも男だ。そうすりゃあ半年や一年の年季はくれてもやろう。そうして、てめえが自前で営業出来るようになり、その男とひとつになって稼ぎゃ、また俺だって世話をして、抱えを一人くらい持てるようにし

てやるさ。てめえも知ってる通り、俺もこの子ども屋街でそれなりの口をきけるような立場の女[182]たちを預かって、住む土地の世話だってしている立場なんだから、うちの子どもに万一のことでもありゃあ、あたりに顔が立たねえ。な、わかったか。合点がいったか」

と福島屋《ふくしまや》清兵衛《せいべえ》[183]もどきのお説教の最中、表から声がする。

廻し「お蝶さん、鶴が岡屋さんからお呼びがかかりました」

かり踏むと意外に痛い。

(178) **抱え**　今までも出てきていましたが、この場合、年季を決めて伝三が雇っている芸者・遊女。

(179) **お蝶**　曽我五郎の装束に特徴的な蝶の模様からとった名前だろうという研究が。

(180) **さし**　P115で注を書いた「差し合い」のこと。

(181) **黒木屋**　もちろん江戸日本橋は白木屋のことです。

(182) **それなりの口をきけるような立場の女**　原文「玉《ぎょく》」。羽ぶりのいい。

(183) **福島屋清兵衛**　浄瑠璃『八重霞浪花浜荻《やえがすみなにわのはまおぎ》』に出てくる茶屋の亭主。病気の遊女の愛人との仲を戒めながら、その実は駆け落ちを許すという、いわゆる泣かせる「クドキ」の場面で有名らしい。

第四回　武将梶原源太《げんた》、いい気なもんで遊女お蝶を罵る
お蝶、曽我兄弟の弟五郎のせいで人生を間違える

おひで、前掛けで手をふきながら。

おひで「朝比奈さん、もうお帰りになりますか」
朝比奈「またすぐ来やすよ」
と答えると、みなそれぞれに、さようなら、どなたもごきげんようと挨拶を交わす。
十　郎「ちょっと風が」
団三郎「出やしたね」
朝比奈「おじい、帰りの波は乗り切れそうかい」
船頭の久「心配いりませんや」
　朝比奈、十郎、団三郎は店のハシゴを降りる。下女は刀かけごと持ってきて三人に見せる。十郎、自分の脇差しを見分けて腰に差す。

奥から番号札の付いている履き物を持ってくる者がいて、目の前に並べる。娘分、下女などはそのまま河岸まで送ってくる。

鶴ケ岡八幡から日暮れどきの鐘の音がボオウンウンウンと響くと、そこからは芝居で言えば夜の部の始まり。そのつもりでお楽しみください(184)。

さてその時、曽我五郎時宗《ときむね》という客が来る。

女「おや、五郎さん」

女「さあ、おあがりになって」

五郎は表のくぐり戸から顔を突き入れ、

五郎「どうだい、お蝶は空いてるか聞いてみてくんねえ」

女「あたしらの店に出てらっしゃいますよ」

五郎「そんなら、予約を入れておいてくだせえ。表櫓《やぐら》の子ども屋(185)に知ってるやつが

(184) **そのつもりでお楽しみください**　原文「さようにごらん下されましょう」。

書かれたものを芝居（芝居と言えば歌舞伎しかない）そのものと「ごらん」いただく感覚。つまり書き手の身体が舞台上に見えている。それがいわば戯作の根本態度であり、書き手が独立して透明化するのは言文一致以後。

とはいえ、言文一致の始祖のように言われる二葉亭四迷は『浮雲』の途中で筆を折り、夏目漱石でさえ『虞美人草』の中で「叙述の筆は甲野の書斎を去って、宗近の過程に入る」などと、書き手の身体が目立つ文を残している。

戯作が私たちの今読む日本の小説になるまでに、どれだけの苦闘があったことか。

(185) **表櫓の子ども屋**　原文「表の畠山屋」。「表」とは七遊所のひとつ、櫓下の南側の表櫓。北側は裏櫓。そして畠山屋はまっ

シケ込んでいるから、今はそっちにつきあって来よう」

女「あら、まあ、それじゃお蝶さんの手前、悪うございます」

五郎「そこはいいように言っておいてくだせえ。ちょっと行ってくらあ」

そう言うが、女たちは承知せず、無理に店へと引きずりあげる。

五郎は二階にあがり、ついさっき朝比奈や十郎たちが帰ったばかりで、まだあれこれ道具や三味線箱の散らかった座敷へ入る。

五郎「いやまあ、そんなら、八文字屋の湯へ入って汗でも流してこよう」

女たちはそこらを片づけ、ごみを掃き出し、
女「よしなせえな。そんなことを言って、どうせ表櫓へ行きなさるんだろ。性悪なことをしなさると、お蝶さんに言いつけますよ」

五郎はかねて、舞鶴屋が抱えているお蝶と古い仲で、この店にもたびたび来ていたのだが、その夜は心に秘めたものがあったので、他の者にそれを気づかせないように、わざと陽気にしているのだった。

ほどなく、お蝶は下女に知らされて、呼ばれていた座敷を中座し、ちょっと会いに来る。

お蝶「心待ちにしていたのになぜ遅かったの?」

五　郎「今日の客は初会か」
お　蝶「そうさ。断ってもいいが、(186)もう今迎えが来るところだから、羽織衆でも呼んで遊んでいてくんねえ。どこへも行かないでおくれよ。ねえ、おふさどん、申し訳ないけど煙草と紙を斡旋場のおばあに頼んで持ってきてもらって。お願いだから」
お蝶はそう言って出ていってしまう。長く他の座敷にいられないのが大磯の習いだ。また、斡旋場にはおばあという者がいて、子どもの世話をやくものである。
さて、その隣座敷には、客が帰ったままでまだ迎えの声がかからない子どもらしき者たち。
おきつ「そういえば、あの晩あたしが太鼓女郎(187)でさ、『ゆきよし』で一緒のお座敷だったよね」
おたぬ「そうだったねえ。ところで扇が谷の末広屋で新しい船(188)をおろすそうだけど、おめえどうする？　祝儀をやらないわけにはいくめえ。金一分でいいかの。『二分狂言(189)』じゃきついよ」

たく架空の子ども屋らしい。
(186)　**断ってもいいが**　原文「貰ってもいいが」。客を断って別の座敷へ出ることをいう業界用語。
(187)　**太鼓女郎**　客の世話をするのでなく、宴のリズムの方を担当するわけだ。
(188)　**新しい船**　このままの意味。特に水運都市での船の初出航はめでたいものだったろう。
(189)　**二分狂言**　壬生狂言にかけた。

おきつ「あたしゃこの頃は貧乏神で、頭に挿すものだってみんな質にいれてあるほどだ。殺されたってそんな金は出せねえ」
おたぬ「まったくだね。おいらもう明日は生理がきついのを届け出て、引っ込んで過ごそう。こんなんじゃ座敷へ出られねえ」
月経が重いときは、斡旋場の帳面に付けて欠勤するものなのだ。
おきつ「なるほど、奉公人根性とはよく言ったもんだよ。あたしも店の抱えでいた時には、やたらと休んでたけど、自前になったら一日もよけいに座敷に出てえ」
おたぬ「おいら、そんな欲は微塵《みじん》もねえな」
と二人、笑うところへ娘分。
おキ「何、へこんでんの。欲がないなんて、気でもちがったのかい。ふふふ、たいした心意気じゃねえか」
とかなんとか捨てぜりふを言いながら廊下を来る。
おキ「おきつさん、ちょっと後ろを向いてみせな。おめえの髪はえらくイケてるじゃないか。誰が結ったんだい。おりたさん?」
おきつ「いや、あたしらの店へは、おつよさんが来ますわね」
おキ「おつよさんは、確か表へも行くねえ。鳥羽瀬のおよめさんもよく結うし」

おきつ「ほんとに？」
おたぬ「ところで、おむじさんにはお客がついたかねえ」
お　キ「つくどころか、今ぬすみに出ていなさるよ」
　と言ううちに手が鳴って、
お　キ「あいい」
　と返事をして立ち去る。「ぬすみ」とは、すでに予約の入っている女郎が、その客の来るまでの間に他の客を取ることである。
おたぬ「この頃、隣の座敷へ大滝屋から『出居衆《でいしゅう》』(194)で出てる子はとんだデカいツラをするんだよ。どっかでへこむだろうね」
おきつ「そうだね、あたしらはまだ同じ座敷にゃならねえが、長屋中でそう言ってるよ。それでも売れてるそうでさ。誰が茶屋に売り込むのかねえ」

(190) **貧乏神**　原文「大ひつ天」。「ひつ」のところが不明だが。兜率天とかなんとか、そのへんの宗教用語を崩したのか。十八世紀終わり頃、歌舞伎界から出た業界用語だそうだ。
(191) **生理がきついのを届け出て**　原文「さわり用事をつけて」。さわりは月経、「用事をつける」は病気や客を気に入らず座敷を断ること、寄場の帳面につけることからこう言う。
(192) **自前**　原文「じめえ」。独立した売春婦。
(193) **へこんで**　原文も「へこむ」。恥をかくとか、弱るとか、つまり今の言葉と同じ。これが当時の深川遊里の流行言葉だったらしい！
(194) **出居衆**　客席に出た分の歩合で勤めている者。この場合、大滝屋という店の看板を借りている。とにかく自由契約なわけだから、よほどの器量や芸や会話の才がなければやっていけない。フリーランスの世界。

おたぬ「犬兵衛《けんべえ》さんだよ。それはそうと、明日船宿の『雪の下』(195)へ、お客に届けてもらう手紙を渡そうと思っててさ」
おきつ「じゃ、あたしのと一緒に状づかいに持たしてやるよ」
とそこまで言って、一人は階下へ行く。あの町(196)では文づかいと呼ぶものを、この土地では状づかいと言うのだ。
さて、別の座敷では曽我五郎が来ていると知ったお蝶が、そもそも心のうちに色々と複雑な思いもあるのでそわそわと落ち着かず、度々廊下に出たり、蚊帳《かや》から外へ行こうとする。
客はいきがった半可通で名前を梶原源太と言うのだが、そのお蝶のすそをつかんで、
源　太「おう、どこへ行くんだ」
お　蝶「いえ、ちょっとお手洗いに行ってめえりやす」
源　太「なんだ、おめえは。ずいぶん小便の近い尿瓶《しびん》女だな。さっきから何度も外へ出るが、便所にとうもろこしの食いかけでも忘れて来たのか」
お　蝶「おまえさん、そう妙に勘ぐっていただかなくても。さっき二、三度外へ出たのは、あの……」
源　太「やかましいわ」

と起き上がって大あぐらをかく。何度か洗ったあとの棒縞《ぼうじま》(197)の貸し浴衣の、つんつるてんに短いやつを腕まくりして、「竹口」(198)が作った軽羅《けいら》好み(199)の、首のところにやたらと斜線の入ったキセルを持ち、「薄紅梅《うすこうばい》」という一斤(200)で一分二朱ほどもする煙草を一服してから、ちょいと叩いてみせ、

源　太「こら、おめえは俺を、キツネが大人気の初午《はつうま》(201)の稲荷祭りの夜にタヌキを見るみてえに、妙な心持ちにさせやがるが、ビンボー客と踏んで扱いを悪くするのか。それとも鎌倉沖(202)で獲れたイキのいいのを食らったことがなくておそれをなすのか知らねえが、近江《おうみ》の琵琶湖《びわこ》へメダカを放したように遠い目をするばかりのガキや、暑気あたりの夕顔みてえにしょんぼりして顔色の青いやつらを取り扱うのとはわけが違うぞ。料亭鯛門屋の芋が煮えたかどうかも知らねえで、えらそうに宵のうちから、男芸者の助次(203)が使ってる煙草盆より偉そうなツラをしやがるが、どうせ内々じゃあ女郎同士

(195) **雪の下**　鎌倉の地名を使って、船宿を指してみせる。

(196) **あの町**　原文はただひとこと「町」で、つまり吉原を指す言葉。対して深川を「此《この》土地」と書く。固有名詞を避ける周到さ。

(197) **棒縞**　原文「おの川じま」。当時、深川八幡の中で行われていた勧進相撲で人気のあった横綱の小野川喜三郎の着物の柄にちなんで売り出され、売れに売れたらしい縦縞。

(198) **竹口**　流行のキセルクリエーターだったんだろう。

(199) **軽羅好み**　軽羅は江戸で十八人の通と言われた者の一人。インフルエンサーですね。

(200) **一斤**　ほぼ六百グラム。

(201) **初午**　二月最初の午の日。全国あちこちの稲荷神社で盛り上がる。

(202) **鎌倉沖**　つまり江戸の海ということ。

で金を出しあってこしらえたオカラ[204]とカタクチイワシ[205]の汁の中へ、一袋三文[206]のトウガラシをふりかけて、こめかみから汗をかきかき食らうんだろうぜ」

お　蝶「もし、まあ静かにしてくださいな。あたしが悪けりゃ謝りやしょう。だけど、あんまりですよ。けしからねえ[207]」

源　太「なんだ、けしからねえとは。けしが辛けりゃ、トウガラシやわさびは自分の長所を売り払って裏店へ引っ込むぞ。おい、おめえはいったい何屋から出てる奉公人だ。それとも店の名前だけ借りて座敷に出てる女郎[208]で、それで亭主を養ってるのか。ああ、わかった。さっきから何度も廊下へ出やがるが、なんだ、客が来たからこっちが終わるのを待たせておくつもりか。表具屋の看板に付き物のダルマか、三代目沢村宗十郎の似顔絵じゃねえが、横目でにらまれても放しゃしねえわ。ここからひとつ意地悪く俺がおめえを買いきって根比べだ。まあそう思って向こうの野郎にも諦めさせ、財産全部へ縄を付けて引きずってきてから待ってろと言え。これはマジのマジだが、お袋のまたぐらからギャッと言って出てからというもの、いなせな日和下駄[209]をはき、酒匂川《さがわ》[210]の猪牙船で鎌倉の八幡さまへ宮参りをすると、稲村が崎のざるそば[211]と銀杏屋[212]のうなぎを食って育ち、ありもしねえ四角い玉子[213]を枕にするほどのいい暮らし。女郎には珍しいまことを布団にして敷き、晦日《みそか》に出るはずのない月を屏風に描かせると、最短で十二匁(214)の高級店から七匁五分の安い場所まで、隅から隅へ寝返りを打ち、正月の初勘定の日から女郎を買い始めては、一年中使う遊女の心覚えの帳面は俺の異名で埋め尽くさせ、大磯の夜ではひと通りの夢という夢は見尽くして、背中にゃ猪牙船の仕切りの木材にもたれ過ぎてタコが出来てるという、この梶原さまだ」

すらすらと切るタンカはそれでは終わらない。

「いいか。どこの出居衆が出先の店へ行って揚代《あげだい》からいくらずつ歩合をもらうか、仲町で子どもが使う寝具代の借り賃はどの質の布団でいくらかということも、あるいは茶屋ごとの桟橋で鳴らす鳴子の札にどこの流派の文字で何屋と書いてあるかまで、俺はこの頭の中にツーッと呑み込んでいる(215)んだぜ。なんだのかんだのとうまいこと言っ

(203)（147ページ）**助次**　実際の人物名らしい。京山注にある。
(204)**オカラ**　原文「きらずに」。
(205)**カタクチイワシ**　原文「鯷《ひしこ》」。
(206)**三文**　まあ百円ってところ。
(207)**けしからねえ**　とがめるときの深川語らしい。
(208)**店の名前だけ借りて座敷に出てる女郎**　原文「名まへ出居衆」。
(209)**日和下駄**　晴天にはく歯の低い下駄。
(210)**酒匂川**　鎌倉の酒匂川を、隅田川か深川の大島川あたりに置き換える。
(211)**稲村が崎のざるそば**　実際は深川州崎伊勢屋伊右衛門の店の名物で、小さな笊に入れて出したという。酒飲みのためのそばという感じか。
(212)**銀杏屋**　これはそのまま深川のうなぎ屋のようだ。
(213)**四角い玉子**　あり得ないということを並べる長唄、「女郎の実《まこと》と玉子の四角、あれば晦日に月も出る」をすべて入れ込んで、そのあり得ないを可能にしたとうぬぼれる。
(214)**最短で十二匁**　最小単位である一ト切り（二タ時）が銀十二匁とすると、おおよそ四時間で約二万六千四百円か。
(215)**ツーッと呑み込んでいる**　原文「づつうにのみこんでいる」。すっかり承知していること。『通言総籬』の序にもある。

てりゃいいと思って、スッポンの首を落とすみてえにやたらとビクビクしやがってよ」

と源太の声はだんだん大きくなるのでお蝶はあきれはて、言葉をやわらげて色々となだめているところへ、下からこの客を乗せてきた船宿や女たちが来て、よってたかっておだてたり誉めたりし、ようやく帰してしまう。

ひっそりと静かになり、ようやく他の座敷の笑い声も聞こえてくると、お蝶はすぐに五郎のところへ出直って[216]行く。

お　蝶「とんだ毒気を吐く化け物も来るもんだよ。やっとまるめ込んで帰しました」

五　郎「あの客はだいぶ知ったかぶりを並べていたなあ。どっかで言おうと思って家で稽古してたんだろう。なんのことはねえ、石菖蒲《いしあやめ》を育てるような小さい鉢で鯨を飼うようなマヌケ野郎だ。そこへきて、てめえの駆け引きが気の利かないもんだから、ここで聞いていても芝居の道具方が舞台の上の穴から演技を見ているようで、じれったいこと」

お　蝶「ほんとに、最近梅毒治療が終わったばっかりのズブの新人[217]みたいでね、ここの店の手前、格好が悪くてさ。縁起直しに湯呑み茶わんいっぱいに酒を注いでおくんなせえし」

五　郎「よせよせ、また胃を痛めるぜ」
お　蝶「一杯くらいはいいじゃない」
　そこへおふさが来て、
おふさ「五郎さん、お茶漬けは?」
五　郎「もう今夜は食わねえよ」
　ちょうどそのあたりで階下にて、おひで。

おひで「もし、おおたか屋へ猪牙を一艘、注文してくんなせえ。馬入川《ばにゅう》(218)の汐留(219)までだよ。それと店で『起番《おきばん》』をするのは一人でいいからね。今夜は泊まりが少ないから」

泊まりとは、「四ツあけ」をする客をいうセリフ。また、「おおたか屋」というのは縄町の河岸にある船宿で、このあたりの茶屋へ出入りしている。そして「起番」とは北国(220)でいう「寝ずの番」を指す。

　そうこうしているうち、五郎の座敷には床が用意され、お蝶と二人でそこへ入る。

(216) **出直って**　次の客のもとへ出ること。
(217) **湯呑み茶わんいっぱい**　原文「あおつきりをついで」(発音は「あおっきり」だろう)。茶わんの外側の上方に引かれた青色の線まで、の意。そういえば線のついてる茶わんを見た気が。あそこまで飲むと「ぎりぎりたくさん」ということだったのか。
(218) **馬入川**　神奈川県平塚を流れる川の名を借りた。実際は日本橋川あたりか。
(219) **汐留**　日テレ、電通のあるあたりの固有名詞ではなく、上げ潮の外堀への逆流を防いだ堰。
(220) **北国**　吉原をこうも言ったらしい。江戸城からみて北の方角ゆえ。

お蝶は年が十八ばかり。洗い髪をワラで「おとしばらげ(221)」の島田(222)に結い、黄楊《つげ》の小さな櫛をちょいと落っこちそうに挿すと共に、前髪のところへ銀の短い簪、また三両くらいする鼈甲ものも二本。おしろいなしの素顔。衣装は素肌に極薄の絹の縮み、明るい青(223)の繻子の帯、白縮緬の腰巻き、ただしこれは床の衣装に着替えた姿である。この女は玉代《ぎょくだい》(224)が一ヶ月に三十という数になる。つまり深川での五日毎の平均で「六つならし」と言われる売れっ子である。

一方の五郎も年はいたって若く、苦味のある色男。こしらえは藍微塵(225)の縮緬の浴衣、博多帯で紺無地(226)、下に着ているのはやっぱり紺の縮緬である。

お蝶は床の中で腹ばいになり、如真(227)好みの布でこしらえた小さな紙入れから、黒塗りにした「うぬぼれ鏡(228)」を出してのぞきながら、簪で前髪のほつれを直している。

五　郎「こら、てめえ。そこへ転がってる指輪は恨めしいぜ。もうやめにしろ。大人げねえ。紋所はなんなんだ。どれ、見せてみろよ」

お　蝶「いいじゃない。放っておいてよ。それを踏みなさんなよ。お守りなんだから」

五　郎「なんの守りだ」

お　蝶「鳥羽瀬の向こうの秋葉《あきは》大権現《だいごんげん》さんから出てる災難よけのさ」

というところへ、舞鶴屋からおひさが、お蝶の薬を煎じてあるのをそのまま持ってくる。

お　蝶「あらまあ、おひさどん、すまないね。ついでなんだが、もひとつ頼まれてくださいな。あたしの店の抱えのおひらさんが空いて帰るようなら、ちょっとここへ顔を出すようにしてくんねえな」

おひさ「はいはい、そう申しておきましょう」

おひさはそう言って去る。

五　郎「梅毒の薬だろ」

(221) **おとしばらげ**　江戸後期には横に張った鬢が古くさくなり、用具も使わずに自然に小さくふくらませておくのがイケてるヘアスタイルに。「通言総籬」でも「京ぐる」（P45、注184）があった。

(222) **島田**　花嫁の髪が文金高島田と言われる通り、頭の上に髷を持ってきて盛るようになったのは実は遊女たちの流行が広ったものである。しかもそうした髪形に凝るようになったのは、江戸初期に覆面が禁止され、女たちが素顔で出歩くようになったからだという。社会の刻々の変化がファッションに直結していったことになる。

(223) **明るい青**　例の（P119、注118）花色ですね。「藍より薄く浅黄より濃い」伝統色。俺の一番好きな色。

(224) **玉代**　芸娼妓を座敷に揚げるための金。花とも。この場合の「一」がいくらかはわからないが、ともかく派手に稼いでいたのだろう。

(225) **藍微塵**　微妙な濃淡のある藍染めの糸をたてよこ二本ずつ、ひと柄にして織る。縞模様だがあからさまではない品のいい逸品。

(226) **博多帯で紺無地**　訳者の私が思わずドキッとしてしまった渋さ。そもそも藍の浴衣に紺の無地。そうか、俺もまずは浅草帯源へ行って帯から求めよう。

(227) **如真**　通人のことだろうが不明。原文「如真好みの玉のきれ」。

(228) **うぬぼれ鏡**　ガラスの裏に水銀を塗って鏡にした。安価ではあるが、美しく映るとされた。懐中鏡で若者好みでおシャレだったのだろう。

お　蝶「ふん、知りません」
五　郎「枇《び》杷《わ》葉湯《ようとう》だな。町で誰にでもふるまって顔を売る薬だから、色好みのてめえが飲むのにふさわしいや」
お　蝶「おまえさんに似てね」
　ほどなくおひらが来る。
おひら「お蝶さん、なんだい」
お　蝶「おまえ、薄情だね。あたしら姉妹《きょうだい》分だってのに。宵から五郎さんが来てるんだよ」
おひら「おや、まるっきり知らなんだ。五郎さん、よくおいでだね」
五　郎「今夜はでえぶマジメな挨拶だな」
お　蝶「ちょっと耳を貸しな」
　とお蝶、おひらに耳打ちをする。
お　蝶「おまえ、うちの店に戻ったら、ほらおれの櫛箱の上の引き出しに櫛が入ってるからさ、あれを誰かに質屋の深本《ふかもと》まで持たせてね、二両借りてさ、煙草入れの中へ隠して煙草のふりしてあたしによこしてくんねえ。それと客帳を出しちらかしたままにしないでよ。油断はあるめえが、小指(229)の連中にさとられねえように」

おひら「うんうん、承知さ。じゃ五郎さん、さよなら」
五　郎「おう、もう行くのか」
と言われつつ、おひらは素早く去る。

お蝶は煙草を吸いつけるが火が消えている。思わず手を叩いて人を呼びそうになって思い返し、紙入れの中から小型の「ほたる火打ち(230)」を出して打ち、その火から煙草を吸いつける。
五　郎「『闇羅(231)』あたりの女郎みてえにそんなものを持つなよ。安っぽくてよくねえ」
お　蝶「なに、客のまえじゃ出さないからね」
五　郎「なあ、この頃は格好が新しい(232)んだな」
お　蝶「そうさ。茶屋からの頼みで衣装を替えなきゃならなくて、自前で商売してる女は立ち行かねえ(233)と言って、借金して(234)別の子ども屋やら茶屋でも稼いだり(235)するんだ

(229) **小指**　いわゆる隠語としての仕草。昭和までなら「レコ」ってやつですな。「これ」の逆さ言葉。江戸時代のこの場合は、舞鶴屋の女房や娘分、つまり経営者サイドを指す。
(230) **ほたる火打ち**　すぐに本文で説明するが、流行したが安っぽいもの。このへん若い水商売の女子たちの感覚とすごく似てるんじゃないだろうか。
(231) **闇羅**　櫓を指す。他の地帯より格下なので。
(232) **格好が新しい**　原文「しかけがはいった」。
(233) **立ち行かねえ**　原文「集礼負け」。「集礼」は諸費用の意。ゆえに集礼負けは出費の多さに負けること。
(234) **借金して**　原文「さがって」。
(235) **別の子ども屋やら茶屋でも稼いだり**　原文「脇へ出る」。所属事務所に内緒でやる仕事。芸人でいう「闇営業」だ。

よ」
五　郎「妙なもんで服が変わると客が増えるんだよなあ」
など色々と話していると、使いの小さい子が例の金銭の入った煙草入れを持ってくる。

お　蝶「おお、よしよし。おひらさんにお世話さまでしたと言っておくれ。そっとだよ」

使いは帰る。

お　蝶「五郎さん、さっき話したものをここへ入れておくよ」

と五郎の紙入れに二両を入れる。
五　郎「おう、どうもこいつがなくっちゃあれやこれやの始末がつかねえ」
お　蝶「もし足りなきゃ明日にでもそう言ってよこしねえ」
など言ううち、他の座敷もひけて二階はしんとなる。ただ表座敷のあたりで、羽織芸者のおゆまの歌声らしきものがする。めりやすの『万ぎく』だ。
おゆま「〽宵から待ち侘び、心揺れ、ふけてゆくけど、まだ酒の宴《えん》」
するとあたりに気をつけて五郎が言う。
五　郎「昼あたりに送った手紙、見たであろうな」

お　蝶「くわしく見やした。けれど、今日も今日で店の旦那さんから断れねえもっともな意見を聞かされてね。あたしの身の上だって何を隠そう、髪に挿す鼈甲の数も減り、仕懸文庫が軽くなって、この調度品だって着物だってみんなやりくりして借りた物。さておまえの身の上はと言えば、色々あってこんなザマ。さて、どうする気でござえす。いっそこの体ごと切れて(236)……」
五　郎「主人への義理も」
お　蝶「おまえのためなら」
五　郎「そんなら昼間の手紙の通り」
お　蝶「逃げやしょう」
五　郎「うむ……さあ(237)」

(236) **体ごと切れて**　原文「からだをつき出して」。縁を切る、一切の束縛を断ち切るという深川業界用語。

(237) **……さあ**　文の最後には芝居の脚本にある「思い入れあって」を示す〇印が付いている。無言で型になる見せ所。「ゴーン」なんて鐘の音が鳴ったりする。
この男女の恋情の場面で作品は終わる。あたかも遊廓の情報満載マガジンじゃなかったみたいな雰囲気で。

追加

すでに多くの洒落本[238]が出て、この大磯の地における娼妓と客の情愛を書き尽くしてきた。がしかし、「コンココリキ・ココマカリキ[239]」なんて言葉が流行した頃のことで、はや十年して物も変わり歳月も移り、「よく言うもんだ」なんてセリフの流行も、その「言うもん」ならぬ竜紋の織物の上下《かみしも》同様いつしか古くなり、ただの吸い物椀の袋と成り下がったのである。

昔も今も人情は変わらないが、流行やならわしは、強い息で吹き矢を飛ばすとカラクリが動く遊び[240]のように、あるいは前夜付けて寝た鬢さし[241]が明朝は外れているように変わり、その変化の速いのがすべからく遊里というものなのだ。

ゆえに今再びこの地を細かく探り、銀十二匁[242]の世界を筆で弾ませ、三匁ほどは上乗せし、合わせて一部銀十五匁、金一分の本とする。なおわたくしめの細やかな描写に到らぬところあれば、もっとくわしい先生の登場を待つのみである。

(238) **洒落本**　江戸後期の、遊廓を描いた文学。半紙を四つ折りにした小さな印刷物ゆえ、原文「小冊」。

(239) **コンココリキ・ココマカリキ**　深川ではやった「唐言」とは別のもので、長唄の「こんここりき節」の囃子詞らしい。

(240) **カラクリが動く遊び**　そういうのがあったらしい。

(241) **鬢さし**　髪の左右のふくらみ（鬢）を維持するために、銀や針金で作った型。

(242) **銀十二匁**　深川仲町の一ト切り（ワンセット）が銀十二匁ゆえ、このように言った。このあと三匁を乗せると書いているのは、計十五匁、金一分となるからで、一冊の一部と金一分をかけたわけです。

末尾に記す[243]「泰山弱水[244]」

ふぐ汁を食わぬたわけ者[245]があると思えば、食うたわけ者がある。食わない方は美味を知らないし、食う方は毒があるのを知らない。毒のあるのを知らずに食う人など論じてもしかたがなく、美味を知らずに食わないでいる人は頑固で心配だ。

不肖京伝がこれまで好色淫蕩な洒落本を書いてきたのは、実は先に美味について述べ、あとで毒のあることを示すことで、戒めを与えるためである。

美味を知り毒を知っておそれ慎むに越したことはない。『ふぐは食いたし命は惜しし』とは、けだしこの心境をあらわした君子の言葉と言うべきであろう。

孔子が衛《えい》の国で煮物の屋台の前を通り過ぎて言ったことがある。私はいまだに徳を好む者が[246]ふぐを好むように徳を好むのを見たことがない。ああまことに、国を傾け、城を傾ける[247]ものは、この当たれば死ぬふぐの鉄砲汁のように人を圧倒するものでなくて何であろうか。
と、自ら最後に記しておく。

(243) **末尾に記す** 原文「跋」。

(244) **泰山弱水** ここには実際に印が押され、古い中国の文字で泰山弱水と記されている。本当にある名山の名と、伝説上の川の名を並べ、実と虚を合わせる書き手のありようを示しているのだろうか。

(245) **ふぐ汁を食わぬたわけ者** 有名な川柳「ふぐ汁をくはぬたわけにくふたわけ」を示す。踊る阿呆に見る阿呆、的な。

(246) **私はいまだに徳を好む者が** 孔子の論語の一文「吾未ダ徳ヲ好ムコト色ヲ好ムガ如クナル者ヲ見ザルナリ」の「色」に「ふぐ」を代入しています。なかなか深い戯れごとでありまして。

(247) **城を傾ける** 傾城《けいせい》の美女と、遊女を傾城と呼ぶことをかけてすべておしまい。

「通言総籬」あとがき　訳し手より

山東京伝《さんとうきょうでん》の机塚が浅草寺《せんそうじ》境内にあり、下町生活の中で事あるごとに手を合わせていた。絵も描き、歌詞も書き、黄表紙《きびょうし》も書き、プロデュースもする京伝先生は江戸きってのマルチクリエーターであり、その洒落《しゃれ》のセンスには若い頃から強い尊敬と憧れを持っていたからである。

京伝没後、弟の京山《きょうざん》が兄の机を埋めたとされている。当時は子供時代に与えられた机を持って指南所へ通い、そこで長く読み書きを続けた。少なくとも京伝はそうした慣習のある時代の中で次から次へと書いたのだ。

そして絵で罰金をくらい、やがて小説で手鎖《てじょう》となった。風紀を乱し、奢侈《しゃし》を促したという〝罪〟で。どちらの時にも「もうやめよう」と京伝は考える。そこがリアルでいい。お上に逆らい続けようと思ってやっているというより、面白いことを追求していたら捕まったということだからだ。

しかし共に罰を受けた出版人・蔦屋重三郎《つたやじゆうざぶろう》の説得により、京伝先生はまた書く。ひょっとしたら子供の頃から使っている例の机で。面白いことを追求するのは子供時分から変わらない作業だったろうから。

『通言総籬《つうげんそうまがき》』はそんな山東京伝の、罰金を命ぜられる二年前、手鎖を食らう四年前（一七八七年出版）の作品である。訳注の中にもあるが、同時代の通人に酒井抱一《さかいほういつ》がいた。葛飾北斎《かつしかほくさい》がいた。大田南畝《おおたなんぽ》がいた。そして刊行の三年後には曲亭馬琴《きよくていばきん》が京伝に弟子入り志願する。江戸の美、洒落、風刺、ナンセンスなどなどが最高潮を迎える中で、この〝遊廓《ゆうかく》流行ガイド〟が生まれたのだ。

したがって、作品中には「何がかっこいいか」の京伝からの決定通知が目白押しである。何を着るか、どう着るか、何を歌うか、食べるか、そして何よりどうしゃべるか。それが他の同時代のセレブリティの消息などを伝えるスキャンダルと一緒に書き込まれているから、新訳というのも実におこがましい。当時の流行語はそのまま読まなければまるで意味がないから。

しかしそれではいつまでも京伝先生が堅苦しい研究対象となって埃《ほこり》をかぶってしま

う。私が感じる多才なあのきらめき、デザインの妙とふざけぶり、例えば主催者の一人として自ら呼びかけて実現した手ぬぐいコンテストでの、真っ黒に染めた生地の中に大きな目を片方だけ描いて白く抜き、鯨に見立てた「熊野染」など（作者「志谷」の詳細は不明だが、京伝先生が出版したデザイン帖『小紋裁』にすでに原型らしきものがあるのだ。ああ、なんて洒落てるんだろう！）。二十年以上、復刻手ぬぐいをハンカチがわりに使う私は、そうした京伝の好みと共にある。そういう江戸のセンスへの注目を喚起するためだけでもいいから、現代の読者に読みやすくすることを私は自分に課した。それは自らにはめた手鎖のようなものでありました。

しかし意訳はおそれ多くて一行たりとも出来ず、最初に入稿した原稿はほぼ直訳でしかなかったのを思い出す。そこから疑問を付した原稿が返ってきたのへ、私はまた実直に直しを入れた。そして第三校だったろうか、ついに登場人物の口調が変わり、多少の付け加えが生じた。

山東京伝の前でガチガチに緊張していた私が、せめて作者本人を少し笑わせようとか、読者に文の面白さをもっと体感してもらおうとか思ったのは、こうして第四校、第五校に至ってからであった。担当編集者・坂上陽子氏には本当に手間をかけていただいた。一方、私は手鎖をかけたまま、毎回ゲラ原稿をびっしり赤くしていくしかなかった。

専門家・佐藤至子氏にも大変お世話になった。どんどん細かく変わっていく解釈におつきあいいただき、おかげさまでなんとか脱線もせず、なおかつ生真面目でもない訳文にたどり着くことが出来たと思う。京伝先生よりは一歩も前には出ず、後ろから色々となんか言って見物人を面白がらせているというようなやり方は、当初の私の思い通りである。

また『古典日本文学全集』の和田芳恵氏の訳を首っ引きで見た他、先駆者・野坂昭如氏の訳の冒頭もまずはチェックした。特に野坂氏のものへの意識は強かった。別なバージョンを作らなければやった意味はないから。とはいえさすが大先輩、最初の文を大胆な意訳で始める野心作でむしろ私に直訳を促してくれているようなものであった。また『日本国民文学全集』小島政二郎氏の訳も迷う私の道しるべとなった。

こうしてたくさんの手だれの手を経て私のような下手くそまで参加し、手を替え品を替え文を替えられ続けてきた『通言総籬』を入手したあなたは、最も新しい山東京伝の読み手である。私にかかった手鎖はいずれ先生の机塚の前で外したいと思う。

そして合掌。

「仕懸文庫」あとがき　余計な申し出

さて、「池澤夏樹=個人編集　日本文学全集」の中の一作として現代語訳を出してもらった山東京伝の「通言総籬」を、ありがたいことに文庫にしてくれるという話になった。

「ありがたいことに」というのは、私には「ごちそう」だけれど、他の作家作品に比べてマイナーなのはどうしたって否めないという意味であり、その気持ちがそのまま担当編集者への「『総籬』だけじゃ申し訳ない。せっかくだからもうひとつ訳してサービスしたいんですけど」という申し出になった。ただ実際サービスなのかどうか、京伝ファンでないことが出来ない私にはわからない。

「通言総籬」のあとがきにも書いた通り、山東京伝は一七九一年、つまりこの『仕懸文庫』を出版した年に手鎖《てじょう》をくらう。前年に寛政の改革による出版統制が布告されたにもかかわらず、次々出した『仕懸文庫』含む三冊が風紀紊乱と判断されたからだ。どんな書物が京伝を罰するもとになったかを、私は是非とも訳しておきたかった。

お上ににらまれるがゆえに、内容を鎌倉時代の話のように仕立てるのは当時の洒落本の基本で（歌舞伎同様）、それは本作を読んでいただければわかるが、にもかかわらずわざと構造をゆるめ、ちらちらと「現在」をちらつかせて規制をおちょくるかに見える京伝、ないしは出版人・蔦屋重三郎《つたやじゅうざぶろう》の姿は、今ではあまりに眩しい。昭和から平成くらいまでは彼らの背中を追う猛者が出版界にはごく普通にぞろぞろいたものだった……。

それはそれとして、「通言総籬」が官許の新吉原《よしわら》の半ドキュメンタリーとすれば、こちらは法的には存在を許されていない岡場所・深川《ふかがわ》の様子を微に入り細をうがつタッチで、というか細ばっかりうがつ視点で描いたものである。したがって当然のことながら買売春の成立においての買う側の詳しいシステムも、売る側（売らされる側）、すなわち当時のセックスワーカーの様子（性病で髪が抜ける姿、深川では遊女が客を選べること、あるいは月経が重い場合に届け出て休むことが可能であること、などなど）も、よくわかる。

なんにせよ、そこは日々流行を作り出す活き活きした場所であると同時に、そうでもしなきゃやってられねえ世界でもあった。

とすれば、これは私たちの今とどう違うのであろうか。

今回元にしたのは「新日本古典文学大系　85」のうち、水野稔校注の「仕懸文庫」である。また、「通言総籬」同様、専門家・佐藤至子氏の丁寧な御指摘なしでは、私は夜の深川で路頭に迷っていた。

そして、いきなり「もう一作」と言われて驚く様子もなかった編集担当は河出書房新社の坂上陽子氏である。ありがとう存じます。

最後に、山東京伝作品の現代語訳を心待ちにしてくれた浅草の諸先輩方にもここで感謝を述べるとともに、京伝の机塚が今なお浅草に存在していることが、私に正しい緊張感を絶えず与え続けてくれたことを特に記しておきたい。

蛇足

このあとがきのチェックの最終締め切り間近、机塚にひとつご挨拶でもしておくかと秋口、薄暗くなった境内を訪ねると、驚いたことに慣れ親しんできた碑がそこにない。私は自分の目を疑い、記憶を疑い、あたりをしばらくうろついた。

ちょうど浅草観光連盟の方々に会う約束をしていたので、やがて足早に移動して以前からお世話になっている浅草寺の方に聞いてみていただくと、まさにその頃、道の整備の際や三社祭の混雑などで破損がないようにと、観音堂の真裏に出来た築山の中に移動したことがわかった。

あまりのタイミングに私は思わず吹き出した。それが京伝の都会っ子らしい照れのようにも錯覚されたし、こちらへのからかいとも感じたからだ。

ともかく山東京伝の机塚は他の歴史的な碑と並んで、いまやほとんど庭の真ん中に位置している。

解説

佐藤至子

戯作者、山東京伝

洒落本『通言総籬』と『仕懸文庫』の作者である山東京伝《さんとうきょうでん》は、宝暦十一年（一七六一）に江戸の深川で生まれた。安永四年（一七七五）頃に浮世絵師の北尾重政《しげまさ》に入門し、北尾政演《まさのぶ》と名乗り、安永期の後半には富本節正本の表紙の絵や黄表紙の挿絵などを描いていた。黄表紙や洒落本の作者として本格的に活躍するのは天明期からである。洒落本の第一作は『息子部屋』（天明五年〈一七八五〉刊）、第二作は『客衆肝照子《きやくしゆきもかがみ》』（天明六年刊）で、『通言総籬』はこれらに続く天明七年の出版だった。

京伝の黄表紙の代表作の一つに『御存商売物《ごぞんじのしょうばいもの》』（天明二年刊）がある。江戸の本や浮世絵を擬人化した作品で、当時の黄表紙の評判記『岡目八目』で最高位に据えられ、称賛された。文化期には読本《よみほん》『桜姫全伝《さくらひめぜんでん》 曙草紙《あけぼのぞうし》』（文化二年〈一八〇五〉刊）、合巻《ごうかん》『於六櫛木曽仇討《おろくぐしきそのあだうち》』（文化四年刊）など、物語性豊かな作品を多数執筆している。近世初期の文化の研究も行い、考証随筆『近世奇跡考』（文化元年刊）などの著作もある。

『通言総籬』――吉原を描く

『通言総籬』の主要人物であるえん次郎・しあん・喜之介《きのすけ》の三人は、京伝が「凡例」に書いている通り、京伝自身の黄表紙『江戸生艶気樺焼《えどうまれうわきのかばやき》』（天明五年刊）の登場人物である。

『江戸生艶気樺焼』の艶二郎《えんじろう》は仇気屋の一人息子で、浮き名を流すことに憧れて数々の愚行を繰り返し、心中のまねごとをしたあげく、父親と番頭に意見されてようやく目がさめるという人物である。『通言総籬』のえん次郎は愚行を繰り返すわけではないが、裕福なえん次郎と取り巻きのしあん・喜之介という人間関係は『江戸生艶気樺焼』から『通言総籬』にそのまま取り入れられている。

『通言総籬』で工夫された点の一つは、喜之介の女房として、吉原《よしわら》の松葉屋の世話新造だったというおちせを登場させたことである。

物語は、えん次郎としあんが喜之介とおちせの家を訪れるところから始まる。四人は、えん次郎の色事の話、京伝が作詞しためりやす「すがほ」の話、物故した花魁《おいらん》の追善の曲の話、深川の話、茶入れや茶掛けの話、品川の宿場の話、吉原の素人芝居の話など、さまざまな話題について語りあう。とくに話が盛り上がるのが、「松葉屋じゃ小梅の青いのを出すね」あたりから始まる、吉原に実在する妓楼と遊女の話である。しあんと喜之介、えん次郎は、妓楼ごとの食べ物や流行語の違いについて語る。続いて、しあんがおちせに大かな屋の正月の仕着せ（遊女に与えられる衣服）について尋ねると、おちせは妓楼ごとに異なる仕着せの模様について詳しく説明し、さらに松葉屋の上草履をめぐるしきたりについて述べる。これらは松葉屋で働いていたおちせならではの発言と言えよう。そこから、妓楼ごとの慣習の違いや建物の構造面の特色、遊女個人の好みに関する話へと話題が移ってゆく。

個々の妓楼や遊女をめぐる事情は、表からは見えにくいことがらである。このように一般には知られていない内情や細かな事実を指摘することを「うがち」という。『通言総籬』の原本の巻末にある出版広告では、『通言総籬』を「吉原の人情をのべ五町のあなをうがちて手のある遊をしるしちつともすいた事のなきほんなり」と宣伝している。「五町」は吉原のことで、その「穴」（知られていないことがら、内情）をうがつ本であることがセールス・ポイントの一つになっている。遊び馴れた男と遊女勤めをしていた女だからこそ語ることのできる話題がある。ここではそういう形で「うがち」の語りがなされている。

さて、『通言総籬』の原本には挿絵が一図あるが、描かれているのはえん次郎・しあん・喜之介の三人で、遊女を描いた挿絵はない。当時の遊女の図像については、京伝が北尾政演の名で制作した遊女絵集『新美人合自筆鏡』（天明四年刊、蔦屋重三郎版）が参考になる（国立国会図書館所蔵本の画像が国立国会図書館デジタルコレクションのウェブサイトで公開されている）。『新美人合自筆鏡』は七図からなり、一図に二人ずつ当時の吉原に実在した花魁を配し、周囲に新造や禿《かむろ》の姿も描いている。『通言総籬』に名前の出てくる花魁のうち、松金屋の九重、丁子屋の雛鶴、丁子屋の丁山、扇屋の瀧川、松葉屋の瀬川、松葉屋の松人などの図像が確認できる。描かれているのは妓楼の内部、あるいは屋外でのひとこまである。例えば松金屋の東家《あずまや》と九重を描いた図では、座敷で三味線を爪《つま》弾きする東家のかたわらで一人の新造が白ネズミを手にのせ、廊下では頭に大きな花簪《はなかんざし》をつけた禿がもう一人の禿を追いかけている。客のいない場での遊女たちのくつろいだ雰囲気が伝わってくる。

『通言総籬』にも、新造や禿の登場する場面がいくつかある。例えばえん次郎らが吉原の茶屋に立ち寄る場面では、禿のめなみが茶屋の女房おふじに花魁の瀧川からの伝言をつたえ、おふじの返事を瀧川への伝言としてあずかり、利口な子だとほめられている。天明五年刊行の吉原細見によれば、扇屋の瀧川には「をなみ」「めなみ」とい

いることがわかる。ここからも、『通言総籬』の作中世界が当時の吉原の現実をふまえてい

『仕懸文庫』――深川を描く

『仕懸文庫』は寛政三年（一七九一）に蔦屋重三郎から出版された。作中で取り上げられているのは深川の岡場所である。舞台が深川であることをあからさまに書くことは避け、大磯ということにしている。また、深川の主だった岡場所である仲町《なかちょう》、土橋《どばし》、古石場《ふるいしば》、新石場《しんいしば》などは、作中では縄町《なわちょう》、鳥羽瀬《とばせ》、振市葉《ふるいちば》、新市葉《しんいちば》というように、もとの地名をほのめかす形をとりつつ、架空の地名に変更されている。

作中には事情通の客として小林朝比奈《こばやしのあさいな》が登場し、曽我《そが》十郎、団三郎とともに舟で深川へ行く。到着するまでの間、朝比奈は深川での遊びについてあれこれと語る。例えば客を乗せた猪牙舟《ちょき》が二艘続けてやって来て、あとの方の猪牙舟の船頭が舟を河岸につけて急いで駆けて行くところを目にした時には、同じ遊女を買おうとしている二人の客が先を争っていて、あとの舟の客が前の舟の客を出し抜いて遊女を予約する（「口を切る」）ために、あえて船頭を陸にあげて走らせたのだと解説している。また、深川で「口を切る」というのは吉原の「仕舞い」と同じ意味だとも述べている。

このように、その遊里に通じた人でなければ知り得ない細かなことがらが会話を通じて提示される点は『通言総籬』に通じるところがある。さらに『仕懸文庫』では、深川特有の習慣や用語の説明が地の文にしばしば挟み込まれてもいる。こうした注釈的な説明は読者の理解を助けると同時に、深川への関心をかきたてるものと言えよう。『仕懸文庫』には、『通言総籬』にはない趣向もある。朝比奈、曽我十郎、団三郎、物語の後半に登場する五郎（十郎の弟）など、遊客として登場する主要な人物は歌舞伎や浄瑠璃で知られた『曽我物語』の人物である。『曽我物語』は中世の物語であり、現実の深川をほうふつとさせる『仕懸文庫』の作中世界とは時代が一致しない。これは時代違いの人物を登場させておもしろさを生み出す手法であり、この頃の黄表紙にも見られるものであった。またこれは、『仕懸文庫』が同時代の深川の遊里を描いているということを気づかせにくくする、一種の偽装でもあったと思われる。当時は老中松平定信による改革が進行中であり、寛政二年には出版物の取り締まりが厳しくなっていた。『仕懸文庫』の本体を包む袋には、書名に添えるかたちで「教訓読本」と書かれている。これも、この作品が咎められるような内容ではないことを強調する演出であろう。

寛政三年に出版された京伝の洒落本は、『仕懸文庫』のほかに『錦之裏』と『娼妓《しょうぎ》絹籭《きぬぶるい》』があった。いずれも蔦屋重三郎版である。『錦之裏』と『娼妓絹籭』は両方とも吉原を描いた作品だったが、『錦之裏』は後一条天皇の時代（十一世紀前半）の摂州神崎の遊廓の話という設定になっており、『娼妓絹籭』は大坂新町の遊廓を舞台に、歌舞伎・浄瑠璃で知られた遊女梅川と忠兵衛を登場させている。つまりこの二作も、実際には同時代の遊里を描いているにもかかわらず、そうではないように見せかける工夫がなされていた。

しかし町奉行は、これら三作の洒落本を問題視し、京伝と蔦屋重三郎、検閲にあたった地本問屋らを呼び出し、取り調べの上、処罰した。『山東京伝一代記』によれば、京伝は手鎖《てじよう》五十日、蔦屋重三郎は問題となった洒落本の絶版と重過料を命じられた。また、蔦屋重三郎はお咎めをさほど気にしていない様子だったが、京伝は深く恐れて、謹慎第一の人となったとも記されている。事実、京伝はこれ以後、黄表紙などは書いているが、洒落本は執筆していない。なお、曲亭馬琴の『伊波伝毛乃記《いはでものき》』では蔦屋重三郎に科せられた刑を身上半減の闕処《けつしよ》（財産の半分を没収）としている。

寛政五年、京伝は京橋銀座一丁目に煙草入れを商う店を開いた。年々、扱う商品の種類が増え、煙管、鼻紙袋、紙入れ、さらに読書丸という丸薬も販売した。多くの客で賑わう店頭の様子を描いた浮世絵「山東京伝の見世」（歌川豊国画）があり、東京国立博物館に所蔵されている。

（近世文学研究者）

本書は、二〇一五年九月に小社から刊行された『好色一代男／雨月物語／通言総籬／春色梅児誉美』（池澤夏樹＝個人編集 日本文学全集11）より、「通言総籬」を収録しました。さらに訳しおろし「仕懸文庫」を加えました。文庫化にあたり、一部修正し、「仕懸文庫」あとがきと解説を加えました。

通言総籬《つうげんそうまがき》・仕《し》懸文庫《かけぶんこ》

二〇二四年一一月一〇日　初版印刷
二〇二四年一一月二〇日　初版発行

訳　者　いとうせいこう
発行者　小野寺優
発行所　株式会社河出書房新社
〒一六二-八五四四
東京都新宿区東五軒町二-一三
電話〇三-三四〇四-八六一一（編集）
〇三-三四〇四-一二〇一（営業）
https://www.kawade.co.jp/

ロゴ・表紙デザイン　粟津潔
本文フォーマット　佐々木暁
本文組版　KAWADE DTP WORKS
印刷・製本　中央精版印刷株式会社

Printed in Japan　ISBN978-4-309-42146-9

河出文庫 古典新訳コレクション

古事記 池澤夏樹〔訳〕
百人一首 小池昌代〔訳〕
竹取物語 森見登美彦〔訳〕
伊勢物語 川上弘美〔訳〕
源氏物語1〜8 角田光代〔訳〕
堤中納言物語 中島京子〔訳〕
土左日記 堀江敏幸〔訳〕
枕草子上・下 酒井順子〔訳〕
更級日記 江國香織〔訳〕
平家物語1〜4 古川日出男〔訳〕
日本霊異記・発心集 伊藤比呂美〔訳〕
宇治拾遺物語 町田康〔訳〕
方丈記・徒然草 高橋源一郎・内田樹〔訳〕
能・狂言 岡田利規〔訳〕
好色一代男 島田雅彦〔訳〕

雨月物語 円城塔〔訳〕
通言総籬・仕懸文庫 いとうせいこう〔訳〕
春色梅児誉美 島本理生〔訳〕
曾根崎心中 いとうせいこう〔訳〕
女殺油地獄 桜庭一樹〔訳〕
菅原伝授手習鑑 三浦しをん〔訳〕
義経千本桜 いしいしんじ〔訳〕
仮名手本忠臣蔵 松井今朝子〔訳〕
松尾芭蕉／おくのほそ道 松浦寿輝〔選・訳〕
与謝蕪村 辻原登〔選〕
小林一茶 長谷川櫂
近現代詩 池澤夏樹〔選〕
近現代短歌 穂村弘〔選〕
近現代俳句 小澤實〔選〕

*以後続巻
*内容は変更する場合もあります

ノーライフキング

いとうせいこう　40918-4

小学生の間でブームとなっているゲームソフト「ライフキング」。ある日、そのソフトを巡る不思議な噂が子供たちの情報網を流れ始めた。八八年に発表され、社会現象にもなったあの名作が、新装版で今甦る！

自己流園芸ベランダ派

いとうせいこう　41303-7

「試しては枯らし、枯らしては試す」。都会の小さなベランダで営まれる植物の奇跡に一喜一憂、右往左往。生命のサイクルに感謝して今日も水をやる。名著『ボタニカル・ライフ』に続く植物エッセイ。

想像ラジオ

いとうせいこう　41345-7

深夜二時四十六分「想像」という電波を使ってラジオのＯＡを始めたＤＪアーク。その理由は……。東日本大震災を背景に生者と死者の新たな関係を描きベストセラーとなった著者代表作。野間文芸新人賞受賞。

小説の聖典《バイブル》　漫談で読む文学入門

いとうせいこう×奥泉光＋渡部直己　41186-6

読んでもおもしろい、書いてもおもしろい。不思議な小説の魅力を作家二人が漫談スタイルでボケてツッコむ！　笑って泣いて、読んで書いて。そこに小説がある限り……。

春色梅児誉美

島本理生〔訳〕　42083-7

江戸を舞台に、優柔不断な美男子と芸者たちの恋愛模様を描いた為永春水『春色梅児誉美』。たくましくキップが良い女たちの連帯をいきいきとした会話文で描く、珠玉の現代語訳！

好色一代男

島田雅彦〔訳〕　42014-1

生涯で戯れた女性は三七四二人、男性は七二五人。伝説の色好み・世之介の一生を描いた、井原西鶴「好色一代男」。破天荒な男たちの物語が、島田雅彦の現代語訳によってよみがえる！

源氏物語　1

角田光代〔訳〕　41997-8

日本文学最大の傑作を、小説としての魅力を余すことなく現代に甦えらせた角田源氏。輝く皇子として誕生した光源氏が、数多くの恋と波瀾に満ちた運命に動かされてゆく。「桐壺」から「末摘花」までを収録。

源氏物語　2

角田光代〔訳〕　42012-7

小説として鮮やかに甦った、角田源氏。藤壺は光源氏との不義の子を出産し、正妻・葵の上は六条御息所の生霊で命を落とす。朧月夜との情事、紫の上との契り……。「紅葉賀」から「明石」までを収録。

源氏物語　3

角田光代〔訳〕　42067-7

須磨・明石から京に戻った光源氏は勢力を取り戻し、栄華の頂点へ上ってゆく。藤壺の宮との不義の子が冷泉帝となり、明石の女君が女の子を出産し、上洛。六条院が落成する。「澪標」から「玉鬘」までを収録。

源氏物語　4

角田光代〔訳〕　42082-0

揺るぎない地位を築いた光源氏は、夕顔の忘れ形見である玉鬘を引き取ったものの、美しい玉鬘への恋慕を諦めきれずにいた。しかし思いも寄らない結末を迎えることになる。「初音」から「藤裏葉」までを収録。

源氏物語　5

角田光代〔訳〕　42098-1

栄華を極める光源氏への女三の宮の降嫁から運命が急変する。柏木と女三の宮の密通を知った光源氏は因果応報に慄く。すれ違う男女の思い、苦悩、悲しみ。「若菜（上）」から「鈴虫」までを収録。

源氏物語　6

角田光代〔訳〕　42114-8

紫の上の死後、悲しみに暮れる光源氏。やがて源氏の物語は終焉へと向かう。光源氏亡きあと宇治を舞台に、源氏ゆかりの薫と匂宮は宇治の姫君たちとの恋を競い合う。「夕霧」から「椎本」までを収録。

源氏物語　7

角田光代〔訳〕　42130-8

宇治の八の宮亡きあと、薫は姉の大君に求愛し、匂宮を妹の中の君と結ばせるが、大君は薫を拒み続け他界。次第に中の君に恋慕する薫に、彼女は異母妹の存在を明かす。「総角」から「東屋」までを収録。

平家物語　1

古川日出男〔訳〕　41998-5

混迷を深める政治、相次ぐ災害、そして戦争へ——。栄華を極める平清盛を中心に展開する諸行無常のエンターテインメント巨篇を、圧倒的な語りで完全新訳。文庫オリジナル「後白河抄」収録。

平家物語　2

古川日出男〔訳〕　42018-9

さらなる権勢を誇る平家一門だが、ついに合戦の火蓋が切られる。源平の強者や悪僧たちが入り乱れる橋合戦を皮切りに、福原遷都、富士川の遁走、奈良炎上、清盛入道の死去……。そして、木曾に義仲が立つ。

平家物語　3

古川日出男〔訳〕　42068-4

平家は都を落ち果て西へさすらい、京には源氏の白旗が満ちる。しかし木曾義仲もまた義経に追われ、最期を迎える。宇治川先陣、ひよどり越え……盛者必衰の物語はいよいよ佳境を迎える。

平家物語　4

古川日出男〔訳〕　42074-5

破竹の勢いで平家を追う義経。屋島を落とし、壇の浦の海上を赤く染める。那須与一の扇の的で最後の合戦が始まる。安徳天皇と三種の神器の行方やいかに。屈指の名作の大団円。

義経千本桜

いしいしんじ〔訳〕　42115-5

源平合戦を背景に、平家の復讐と、源義経主従の受難を壮大に描く。平知盛、弁慶、静御前、狐忠信の活躍と、市井の庶民たちの篤き忠義が絡まりあう名作浄瑠璃が、たおやかな日本語で甦る。

伊勢物語
川上弘美〔訳〕　41999-2

和歌の名手として名高い在原業平（と思われる「男」）を主人公に、恋と友情、別離、人生が描かれる名作『伊勢物語』。作家・川上弘美による新訳で、125段の恋物語が現代に蘇る！

更級日記
江國香織〔訳〕　42019-6

菅原孝標女の名作「更級日記」が江國香織の軽やかな訳で甦る！東国・上総で源氏物語に憧れて育った少女が上京し、宮仕えと結婚を経て晩年は寂寥感の中、仏教に帰依してゆく。読み継がれる傑作日記文学。

仮名手本忠臣蔵
松井今朝子〔訳〕　42069-1

赤穂浪士ドラマの原点であり、大星由良之助（＝大石内蔵助）の忠義やお軽勘平の悲恋などでおなじみの浄瑠璃、忠臣蔵。文楽や歌舞伎で上演され続けている名作を松井今朝子の全訳で贈る、決定版現代語訳。

日本霊異記・発心集
伊藤比呂美〔訳〕　42086-8

平安初期に景戒によって善悪、奇跡や怪異などを描いた最古の説話集「日本霊異記」と、鎌倉初期の鴨長明による仏教説話「発心集」。古典新訳に定評のある詩人・伊藤比呂美が両作品から厳選、渾身の新訳。

堤中納言物語
中島京子〔訳〕　42087-5

作者・編者ともに不詳、ミステリアスでユーモアに溢れる日本最古の短篇物語集『堤中納言物語』。中島京子による名訳により生き生きと蘇る「可笑しみ」を堪能できる10篇を収録。

宇治拾遺物語
町田康〔訳〕　42099-8

〈こぶとりじいさん〉こと「奇怪な鬼に瘤を除去される」、〈舌切り雀〉こと「雀が恩義を感じる」など、現在に通じる心の動きと響きを見事に捉えた、おかしくも切ない名訳33篇を収録。

著訳者名の後の数字はISBNコードです。頭に「978-4-309」を付け、お近くの書店にてご注文下さい。